·阅读，与最好的自己相遇·

梁实秋散文精选

Liang Shiqiu

梁实秋 著

为青少年读者
量身打造的经典读本

长江出版传媒 | 崇文书局

图书在版编目（CIP）数据

梁实秋散文精选：青少版 / 梁实秋著. -- 武汉：崇文书局，2022.9（2025.1 重印）
ISBN 978-7-5403-6688-9

Ⅰ. ①梁… Ⅱ. ①梁… Ⅲ. ①散文集－中国－现代 Ⅳ. ① I266

中国版本图书馆 CIP 数据核字 (2022) 第 086230 号

责任编辑：王圆缘　付映莜
责任校对：董　颖
责任印制：李佳超

梁实秋散文精选：青少版
Liang Shiqiu Sanwen Jingxuan : Qingshaoban

出版发行：长江出版传媒｜崇文书局
地　　址：武汉市雄楚大街 268 号 C 座 11 层
电　　话：(027)87677133　　邮政编码：430070
印　　刷：武汉市卓源印务有限公司
开　　本：640mm × 900mm　1/16
印　　张：12.75
字　　数：133 千字
版　　次：2022 年 9 月第 1 版
印　　次：2025 年 1 月第 3 次印刷
定　　价：32.80 元

目录

读书做人

美食谈吃

肉剁得松松细细的，
炸得外焦里嫩，
入口即酥，不需大嚼，
既不吐核，又不摘刺，
蘸花椒盐吃，一口一个，
实在是无上美味。

豆汁儿

豆汁下面一定要加一个儿字，就好像说鸡蛋的时候鸡字下面一定要加一个儿字，若没有这个轻读的语尾，听者就会不明白你的语意而生误解。

胡金铨先生在谈老舍的一本书上，一开头就说：不能喝豆汁儿的人算不得是真正的北平人。这话一点儿也不错。就是在北平，喝豆汁儿的人也是以北平城里的人为限，城外乡间没有人喝豆汁儿，制作豆汁儿的原料是用以喂猪的。但是这种原料，加水熬煮，却成了城里人个个欢喜的食物，而且这与阶级无关。卖力气的苦哈哈，一脸渍泥儿，坐小板凳儿，围着豆汁儿挑子，啃豆腐丝儿卷大饼，喝豆汁儿，就咸菜儿，固然是自得其乐。府门头儿的姑娘、哥儿们，不便在街头巷尾公开露面，和穷苦的平民混在一起喝豆汁儿，也会派底下人或者老妈子拿砂锅去买回家里重新加热大喝特喝，而且不会忘记带回一碟那挑子上特备的辣咸菜。家里尽管有上好的酱菜，不管用，非那个廉价的大腌萝卜丝拌的咸菜不够味。口有同嗜，不分贫富老少男女。我不知道为什么北平人养成这种特殊的口味。南方人到了北平，不可能喝豆汁儿的，就是河北各县也没有人能容忍这个异味而不龇牙咧嘴。豆汁儿之妙，一在酸，酸中带馊腐的怪味。二在烫，只能吸溜吸溜的喝，不能大口猛灌。三在咸菜的辣，辣得舌尖发麻。越辣越喝，越喝越烫，最后是满头大汗。我小时候在夏天喝豆汁儿，是先脱成光脊梁，然后才喝，等到汗落再穿上衣服。

自从离开北平，想念豆汁儿不能自已。有一年我路过济南，在车站附近一个小饭铺墙上贴着条子说有“豆汁”发售。叫了一碗来吃，原来是豆浆。是我自己疏忽，写明的是“豆汁”，不是“豆汁儿”。来到台湾，有朋友说有一家饭馆儿卖豆汁儿，乃偕往一尝。乌糟糟的两碗端上来，倒是有一股酸馊之味触鼻，可是稠糊糊的像麦片粥，到嘴里很难下咽。可见在什么地方吃什么东西，勉强不得。

炸丸子

我想人没有不爱吃炸丸子的，尤其是小孩。我小时候，根本不懂什么五臭八珍，只知道小炸丸子最为可口。肉剁得松松细细的，炸得外焦里嫩，入口即酥，不需大嚼，既不吐核，又不摘刺，蘸花椒盐吃，一口一个，实在是无上美味。可惜一盘丸子只有二十来个，桌上人多，分下来差不多每人两三个，刚把馋虫诱上喉头，就难以为继了。我们住家的胡同口有一个同和馆，近在咫尺，有时家里来客留饭，就在同和馆叫几个菜作为补充，其中必有炸丸子，亦所以餍我们几个孩子所望。有一天，我们两三个孩子偎在母亲身边闲话，我的小弟弟不知怎么的心血来潮，没头没脑的冒出这样的一句话：“妈，小炸丸子要多少钱一碟？”我们听了哄然大笑，母亲却觉得一阵心酸，立即派佣人到同和馆买来一碟小炸丸子，我们两三个孩子伸手抓食，每人分到十个左右，心满意足。事隔七十多年，不能忘记那一回吃小炸丸子的滋味。

炸丸子上面加一个“小”字，不是没有缘由的。丸子大了，炸起来就不容易炸透。如果炸透，外面一层又怕炸过火，所以要小。有些馆子称之为樱桃丸子，也不过是形容其小。其实这是夸张，事实上总比樱桃大些。要炸得外焦里嫩有一个诀窍。先用温油炸到八分熟，捞起丸子，使稍冷却，在快要食用的时候投入沸油中再炸一遍。这样便可使外面焦而里面不至变老。

为了偶尔变换样子，炸丸子做好之后，还可以用葱花酱油芡粉在锅里勾一些卤，加上一些木耳，然后把炸好的丸子放进去滚一下就起锅，是为溜丸子。

如果用高汤煮丸子，而不用油煎，煮得白白嫩嫩的，加上一些黄瓜片或是小白菜心，也很可口，是为汆丸子。若是赶上毛豆刚上市，把毛豆剁碎羼在肉里，也很别致，是为毛豆丸子。

湖北馆子的蓑衣丸子也很特别，是用丸子裹上糯米，上屉蒸。蒸出来一个个的粘着挺然翘然的米粒，好像是披了一件蓑衣，故名。这道菜要做得好，并不难，糯米先泡软再蒸，就不会生硬。我不知道为什么湖北人特喜糯米，豆皮要包糯米，烧卖也要包糯米，丸子也要裹上糯米。我私人以为除了粽子汤团和八宝饭之外，糯米派不上什么用场。

北平酱肘子铺（即便宜坊）卖一种炸丸子，扁扁的，外表疙瘩噜苏，里面全是一些筋头麻脑的剔骨肉，价钱便宜，可是风味特殊，当做火锅的锅料用最为合适。我小时候上学，如果手头敷余，买个炸丸子夹在烧饼里，惬意极了，如今回想起来还回味无穷。

最后还不能不提到“乌丸子”。一半炸猪肉丸子，一半炸鸡胸肉丸子，盛在一个盘子里，半黑半白，很是别致。要有一小碗卤汁，蘸卤汁吃才有风味。为什么叫乌丸子，我不知道，大概是什么一位姓乌的大老爷所发明，故以此名之。从前有那样的风气，人以菜名，菜以人名，如潘鱼江豆腐之类皆是。

烧鸭

北平烤鸭，名闻中外。在北平不叫烤鸭，叫烧鸭，或烧鸭子，在口语中加一子字。

《北平风俗杂咏》严辰《忆京都词》十一首，第五首云：

忆京都·填鸭冠寰中

烂煮登盘肥且美，加之炮烙制尤工。
此间亦有呼名鸭，骨瘦如柴空打杀。

严辰是浙人，对于北平填鸭之倾倒，可谓情见乎词。

北平苦旱，不是产鸭盛地，惟近在咫尺之通州得运河之便，渠塘交错，特宜畜鸭。佳种皆纯白，野鸭花鸭则非上选。鸭自通州运到北平，仍需施以填肥手续。以高粱及其他饲料揉搓成圆条状，较一般香肠热狗为粗，长约四寸许。通州的鸭子师傅抓过一只鸭来，夹在两条腿间，使不得动，用手掰开鸭嘴，以粗长的一根根的食料蘸着水硬行塞入。鸭子要叫都叫不出声，只有眨巴眼的份儿。塞进口中之后，用手紧紧的往下捋鸭的脖子，硬把那一根根的东西挤送到鸭的胃里。填进几根之后，眼看着再填就要撑破肚皮，这才松手，把鸭关进一间不见天日的小棚子里。几十百只鸭关在一起，像沙丁鱼，绝无活动余地，只是尽量给予水喝。这样关了若干天，天天扯出来填，非肥不可，故名填鸭。一来鸭子品种好，二来师傅手艺高，所以填鸭为北平所独有。抗战时期在后方有一家餐馆试行填鸭，三分之一死去，没死的虽非骨瘦如柴，也并不很肥，这是我亲眼看到的。鸭一定要肥，肥才嫩。

北平烧鸭，除了专门卖鸭的餐馆如全聚德之外，是由便宜坊（即酱肘子铺）发售的。在馆子里亦可吃烧鸭，例如在福全馆宴客，就可以叫右边邻近的一家便宜坊送了过来。自从宣外的老便宜坊关张以后，要以东城的金鱼胡同口的宝华春为后起之秀，楼下门市，楼上小楼一角最是吃烧鸭的好地方。在家里，打一个电话，宝华春就会派一个小利巴，用保温的铅铁桶送来一只才出炉的烧鸭，油淋淋的，烫手热的。附带着他还管代蒸荷叶饼葱酱之类。他在席旁小桌上当众片鸭，手艺不错，讲究片得薄，每一片有皮有油有肉，随后一盘瘦肉，最后是鸭头鸭尖，大功告成。主人高兴，赏钱两吊，小利巴欢天喜地称谢而去。

填鸭费工费料，后来一般餐馆几乎都卖烧鸭，叫做叉烧烤鸭，连闷炉的设备也省了，就地一堆炭火一根铁叉就能应市。同时用的是未经填肥的普通鸭子，吹凸了鸭皮晾干一烤，也能烤得焦黄迸脆。但是除了皮就是肉，没有黄油，味道当然差得多。有人到北平吃烤鸭，归来盛道其美，我问他好在哪里，他说："有皮，有肉，没有油。"我告诉他："你还没有吃过北平烤鸭。"

所谓一鸭三吃，那是广告噱头。在北平吃烧鸭，照例有一碗滴出来的油，有一副鸭架装。鸭油可以蒸蛋羹，鸭架装可以熬白菜，也可以煮汤打卤。馆子里的鸭架装熬白菜，可能是预先煮好的大锅菜，稀汤洮水，索然寡味。会吃的人要把整个的架装带回家里去煮。这一锅汤，若是加口蘑（不是冬菇，不是香蕈）打卤，卤上再加一勺炸花椒油，吃打卤面，其味之美无与伦比。

酸梅汤与糖葫芦

夏天喝酸梅汤，冬天吃糖葫芦，在北平是不分阶级人人都能享受的事。不过东西也有精粗之别。琉璃厂信远斋的酸梅汤与糖葫芦，特别考究，与其他各处或街头小贩所供应者大有不同。

徐凌霄《旧都百话》关于酸梅汤有这样的记载：

暑天之冰，以冰梅汤为最流行，大街小巷，干鲜果铺的门口，都可以看见“冰镇梅汤”四字的木檐横额。有的黄底黑字，甚为工致，迎风招展，好似酒家的帘子一样，使过往的热人，望梅止渴，富于吸引力。昔年京朝大老，贵客雅流，有闲工夫，常常要到琉璃厂逛逛书铺，品品骨董，考考版本，消磨长昼。天热口干，辄以信远斋梅汤为解渴之需。

信远斋铺面很小，只有两间小小门面，临街是旧式玻璃门窗，拂拭得一尘不染，门楣上一块黑漆金字匾额，铺内清洁简单，道地北平式的装修。进门右手方有黑漆大木桶，里面有一大白瓷罐，罐外周围全是碎冰，罐里是酸梅汤，所以名为冰镇，北平的冰是从什刹海或护城河挖取藏在窖内的，冰块里可以看见草皮木屑，泥沙秽物更不能免，是不能放在饮料里喝的。什刹海会贤堂的名件“冰碗”，莲蓬、桃仁、杏仁、菱角、藕都放在冰块上，食客不嫌其脏，真是不可思议。有人甚至把冰块放在酸梅汤里！信远斋的冰镇就高明多了。因为桶大罐小冰多，喝起来凉沁脾胃。他的酸梅汤的成功秘诀，是冰糖多、梅汁稠、水少，所以味浓而酽。上口冰凉，甜酸适度，含在嘴里如品纯醪，舍不得下咽。很少人能站在那里喝那一小碗而不再喝一碗的。抗战胜利还乡，我带孩子们到信远斋，我准许他们能喝多少碗都可以。他们连尽七碗方始罢休。我每次去喝，不是为解渴，是为解馋。我不知道为什么没有人动脑筋把信远斋的酸梅汤制为罐头行销各地，而一任“可口可乐”到处猖狂。

信远斋也卖酸梅卤、酸梅糕。卤冲水可以制酸梅汤，但是无论如何不能像站在那木桶旁边细啜那样有味。我自己在家也曾试做，在药铺买了乌梅，在干果铺买了大块冰糖，不惜工本，仍难如愿。信远斋掌柜姓萧，一团和气，我曾问他何以仿制不成，他回答得很妙：“请您过来喝，别自己费事了。”

信远斋也卖蜜饯、冰糖子儿、糖葫芦。以糖葫芦为最出色。北平糖葫芦分三种。一种用麦芽糖，北平话是糖稀，可以做大串山里红的糖葫芦，可以长达五尺多，这种大糖葫芦，新年厂甸卖的最多。麦芽糖裹水杏儿（没长大的绿杏），很好吃，做糖葫芦就不见佳，尤其是山里红常是烂的或是带虫子屎。另一种用白糖和了粘上去，冷了之后白汪汪的一层霜，另有风味。正宗是冰糖葫芦，薄薄一层糖，透明雪亮。材料种类甚多，诸如海棠、山药、山药豆、杏干、葡萄、橘子、荸荠、核桃，但是以山里红为正宗。山里红，即山楂，北地盛产，味酸，裹糖则极可口。一般的糖葫芦皆用半尺来长的竹签，街头小贩所售，多染尘沙，而且品质粗劣。东安市场所售较为高级。但仍以信远斋所制为最精，不用竹签，每一颗山里红或海棠均单个独立，所用之果皆硕大无疵，而且干净，放在垫了油纸的纸盒中由客携去。

离开北平就没吃过糖葫芦，实在想念。近有客自北平来，说起糖葫芦，据称在北平这种不属于任何一个阶级的食物几已绝迹。他说我们在台湾自己家里也未尝不可试做，台湾虽无山里红，其他水果种类不少，沾了冰糖汁，放在一块涂了油的玻璃板上，送入冰箱冷冻，岂不即可等着大嚼？他说他制成之后将邀我共尝，但是迄今尚无下文，不知结果如何。

饺子

“好吃不过饺子，舒服不过倒着。”这是北方乡下的一句俗语。北平城里的人不说这句话。因为北平人过去不说饺子，都说“煮饽饽”，这也许是满洲语。我到了十四岁才知道煮饽饽就是饺子。

北方人，不论贵贱，都以饺子为美食。钟鸣鼎食之家有的是人力财力，吃顿饺子不算一回事。小康之家要吃顿饺子要动员全家老少，和面、擀皮、剁馅、包捏、煮，忙成一团，然而亦趣在其中。年终吃饺子是天经地义，有人胃口特强，能从初一到十五顿顿饺子，乐此不疲。当然连吃两顿就告饶的也不是没有。至于在乡下，吃顿饺子不易，也许要在姑奶奶回娘家时候才能有此豪举。

饺子的成色不同，我吃过最低级的饺子。抗战期间有一年除夕我在陕西宝鸡，餐馆过年全不营业，我踯躅街头，遥见铁路旁边有一草棚，灯火荧然，热气直冒，乃趋就之，竟是一间饺子馆。我叫了二十个韭菜馅饺子，店主还抓了一把带皮的蒜瓣给我，外加一碗热汤。我吃得一头大汗，十分满足。

我也吃过顶精致的一顿饺子。在青岛顺兴楼宴会，最后上了一钵水饺，饺子奇小，长仅寸许，馅子却是黄鱼韭黄，汤是清澈而浓的鸡汤，表面上还漂着少许鸡油。大家已经酒足菜饱，禁不住诱惑，还是给吃得精光，连连叫好。

做饺子第一面皮要好。店肆现成的饺子皮，碱太多，煮出来滑溜溜的，咬起来韧性不足。所以一定要自己和面，软硬合度，而且要多醒一阵子。盖上一块湿布，防干裂。擀皮子不难，久练即熟，中心稍厚，边缘稍薄。包的时候一定要用手指捏紧。有些店里伙计包饺子，用拳头一握就是一个，快则快矣，煮出来一个个的面疙瘩，一无是处。

饺子馅各随所好。有人爱吃荠菜，有人怕吃茴香。有人要薄皮大馅，最好是一兜儿肉，有人愿意多羼青菜。（有一位太太应邀吃饺子，咬了一口大叫，主人以为她必是吃到了苍蝇蟑螂什么的。她说："怎么，这里面全是菜！"主人大窘。）有人以为猪肉冬瓜馅最好，有人认定羊肉白菜馅为正宗。韭菜馅有人说香，有人说臭，天下之口并不一定同嗜。

冷冻饺子是不得已而为之，还是新鲜的好。据说新发明了一种制造饺子的机器，一贯作业，整洁迅速，我尚未见过。我想最好的饺子机器应该是——人。

吃剩下的饺子，冷藏起来，第二天油锅里一炸，炸得焦黄，好吃。

窝头

窝窝头，简称窝头，北方平民较贫苦者的一种主食。贫苦出身者，常被称为啃窝头长大的。一个缩头缩脑满脸穷酸相的人，常被人奚落："瞧他那个窝头脑袋！"变戏法的卖关子，在紧要关头停止表演向围观者讨钱，好多观众便哄然逃散，变戏法的急得跳着脚大叫："快回家去吧，窝头糊啦！"（糊是烧焦的意思）坐人力车如果事前未讲价钱，下车付钱，有些车夫会伸出朝上的手掌，大汗淋漓的喘吁吁的说："请您回回手，再赏几个窝头钱吧！"

总而言之，窝头是穷苦的象征。

到北平观光过的客人，也许在北海仿膳吃过小窝头。请不要误会，那是噱头。那小窝头只有一寸高的样子，一口可以吃一个。据说那小窝头虽说是玉米面做的，可是羼了栗子粉，所以松软容易下咽。我觉得这是拿穷人开心。

真正的窝头是玉米做的，玉米磨得不够细，粗糙得刺嗓子，所以通常羼黄豆粉或小米面，称之为杂和面。杂和面窝头是比较常见的。

制法简单，面和好，抓起一团，翘起右手大拇指伸进面团，然后用其余的九个手指围绕着那个大拇指搓搓捏捏使成为一个中空的塔，所以窝头又名黄金塔。因为捏制时是一个大拇指在内九个手指在外，所以又称“里一外九”。

窝头是要上笼屉蒸的，蒸熟了黄澄澄的，喷香。有人吃一个窝头，要赔上一个酱肘子，让那白汪汪的脂肪陪送窝头下肚。困难在吃窝头的人通常买不起酱肘子，他们经常吃的下饭菜是号称为“棺材板”的大腌萝卜。

据营养学家说，纯粹就经济实惠而言，最值得吃的食物盖无过于窝头。玉米面虽非高蛋白食物，但是纤维素甚为丰富，而且其胚芽玉米糁的营养价值极高，富有维他命B多种，比白米白面不知高出多少。难怪北方的劳苦大众几乎个个长得比较高大粗壮，吃粗粮反倒得福了。杜甫诗：“百年粗粝腐儒餐”，现在粗粝已不再仅是腐儒餐了，餍膏粱者也要吃糙粮。

我不是啃窝头长大的，可是我祖父母为了不忘当年贫苦的出身，在后院避风的一个角落里砌了一个一尺多高的大灶，放一只头号的铁锅，春暖花开的时候便烧起柴火，在笼屉里蒸窝头。这一天全家上下的晚饭就是窝头、棺材板、白开水。除了蒸窝头之外，也贴饼子，把和好的玉米粉抓一把弄成舌形的一块往干锅上贴，加盖烘干，一面焦。再不然就顺便蒸一屉榆钱糕，后院现成的一棵大榆树，新生出一簇簇的榆钱，取下洗净和玉米面拌在一起蒸，蒸熟之后人各一碗，浇上一大勺酱油麻油汤子拌葱花，别有风味。我当时年纪小，没能懂得其中的意义，只觉得好玩。现在我晓得，大概是相当于美国人感恩节之吃火鸡。我们要感谢上苍赐给穷人像玉米这样的珍品。不过人光吃窝头是不行的，还是需要相当数量的蛋白质和脂肪。

自从宣统年间我祖父母相继去世，直到如今，已有七十多年没尝到窝头的滋味。我不想念窝头，可是窝头的形象却不时的在我心上涌现。我怀念那些啃窝头的人，不知道他们是否仍像从前一样的啃窝头，抑是连窝头都没得啃。前些日子，友人贻我窝头数枚，形色滋味与我所知道的完全相符，大有类似“他乡遇故人”之感。

贫不足耻。贫乃士之常，何况劳苦大众。不过打肿脸充胖子是人之常情，谁也不愿在人前暴露自己的贫穷。贫贱骄人乃是反常的激愤表示，不是常情。原宪穷，他承认穷，不承认病，其实就整个社会而言，贫是病。我知道有一人家，主人是小公务员，食指众多，每餐吃窝头，于套间进食，严扃其门户，不使人知。一日，忘记锁门，有熟客来排闼直入，发现全家每人捧着一座金字塔，主客大窘，几至无地自容。这个人家的子弟，个个发愤图强，皆能卓然自立，很快的就脱了窝头的户籍。

北方每到严冬，就有好心的人士发起窝窝头会，是赈济穷人的慈善组织。仁者用心，有足多者。但是嗟来之食，人所难堪，如果窝窝头会，能够改个名称，别在穷人面前提起窝头，岂不更妙?

薄饼

古人有“春盘”之说。《通俗编·四时宝鉴》：“立春日，唐人作春饼生菜，号春盘。”春盘即后来所谓春饼。春天吃饼，好像各地至今仍有此种习俗。我所谈的薄饼，专指北平的吃法，且不限于岁首。

薄饼需热水和面，开水更好，烙出来才能软。两张饼为一盒。两块面团上下叠起，中间抹上麻油，然后擀成薄饼，放在热锅上烙，火要微，不需加油。俟饼变色，中间凸起，翻过来再烙片刻即熟。取出撕开，但留部分相连，放在一边用布盖上，再继续烙十盒二十盒。

薄饼是要卷菜吃的。菜分熟菜、炒菜两部分。

所谓熟菜就是从便宜坊叫来的苏盘。有大小两种，六十年前小者一元，大者约二元。漆花的圆盒子，盒子里有一个大盘子，盘子上一圈扇形的十个八个木头墩儿，中间一个小圆墩儿。每一扇形木墩儿摆一种切成细丝的熟菜，通常有下列几种：

酱肘子熏肘子（白肉熏得微黄）

大肚儿（猪的胃）

小肚儿（膀胱灌肉末芡粉松子）

香肠（羼有豆蔻素沙，香）

烧鸭

熏鸡

清酱肉

炉肉（五花三层的烤肉，皮酥脆）

这些切成丝的肉，每样下面垫着小方块的肉，凸起来显着饱满的样子。中间圆墩则是一盘杂和菜。这一个苏盘很是壮观。

家里自备炒菜必不可少的是：摊鸡蛋，切成长条；炒菠菜；炒韭黄肉丝；炒豆芽菜；炒粉丝。若是韭黄肉丝、粉丝、豆芽菜炒在一起便是“和菜”，上面盖上一张摊鸡蛋，便是所谓“和菜戴帽儿”了。

此外一盘葱、一盘甜面酱，羊角葱最好，细嫩。

吃的方法太简单了，把饼平放在大盘子上，单张或双张均可，抹酱少许，葱数根，从苏盘中每样捡取一小箸，再加炒菜，最后放粉丝。卷起来就可以吃了。有人贪，每样菜都狠狠捡，结果饼小菜多，卷不起来，即使卷起来也竖立不起来。于是出馊招，卷饼的时候中间放一根筷子，竖起之后再把筷子抽出。那副吃相，下作！

饼吃过后，一碗“罐儿汤”似乎是必需的。“罐儿汤”和酸辣汤近似，但是不酸不辣，扑一个鸡蛋在内就成了。加些金针、木耳更好。

吃一回薄饼，餐桌上布满盘碗，其实所费无多。我犹嫌其麻烦，乃常削减菜数，仅备一盘熟肉切丝，一盘摊鸡蛋，一盘豆芽菜炒丝，一盘粉丝，名之曰“简易薄”。每食简易薄，儿辈辄欢呼不已，一个孩子保持一次吃七卷双张的纪录！

爆双脆

爆双脆是北方山东馆的名菜。可是此地北方馆没有会做爆双脆的。如果你不知天高地厚，进北方馆就点爆双脆，而该北方馆竟也不知地厚天高硬敢应这一道菜，结果一定是端上来一盘黑不溜秋的死眉瞪眼的东西，一看就不起眼，入口也嚼不烂，令人败兴。就是在北平东兴楼或致美斋，爆双脆也是称量手艺的菜，利巴头、二把刀是不敢动的。

所谓双脆，是鸡胗和羊肚儿，两样东西旺火爆炒，炒出来红白相间，样子漂亮，吃在嘴里韧中带脆，咀嚼之际自己都能听到咯吱咯吱地响。鸡胗易得，拣肥大者去里，所谓去里就是把附在上面的一层厚皮去掉。我们平常在山东馆子叫“清炸胗”，总是附带关照茶房一声：“要去里儿！”即因去了里儿才能嫩。一般人不知去里，嚼起来要吐核儿，不是味道。肚子是羊肚儿，而且是厚肥的肚领，而且是剥皮的肚仁儿，这才够资格成为一脆。求羊肚儿而不可得，猪肚儿代替，那就逊色多了。鸡胗和肚子都要先用刀划横竖痕，越细越好，目的是使油容易渗透而热力迅速侵入，因为这道菜纯粹是靠火候。两样东西不能一起过油炒。鸡胗需时稍久，要先下锅，羊肚儿若是一起下锅，结果不是肚子老了就是鸡胗不够熟。这两样东西下锅爆炒勾汁，来不及用铲子翻动，必须端起锅来把锅里的东西抛向半空中打个滚再落下来，液体、固体一起掂起，连掂三五下子，熟了。这不是特技表演，这是控制火候必需的功夫。在旺火熊熊之前，热油泼溅之际，把那本身好几斤重的铁锅只手耍那两下子，没有一点手艺行吗？难怪此地山东馆，不敢轻易试做爆双脆，一来材料不齐，二来高手难得。

谈到这里，想到北平的爆肚儿。

肚儿是羊肚儿，口北的绵羊又肥又大，羊胃有好几部分：散淡、葫芦、肚板儿、肚领儿，以肚领儿为最厚实。馆子里卖的爆肚儿以肚领儿为限，而且是剥了皮的，所以称之为肚仁儿。爆肚仁儿有三种做法：盐爆、油爆、汤爆。盐爆不勾芡粉，只加一些芫荽梗、葱花，清清爽爽。油爆要勾大量芡粉，黏黏糊糊。汤爆则是清汤汆煮，完全本味，蘸卤虾油吃。三种吃法各有妙处。记得从前在外留学时，想吃的家乡菜以爆肚儿为第一。后来回到北平，东车站一下车，时已过午，料想家中午饭已毕，乃把行李寄存车站，步行到煤市街致美斋独自小酌，一口气叫了三个爆肚儿，盐爆、油爆、汤爆，吃得我牙根清酸。然后一个清油饼、一碗烩两鸡丝，酒足饭饱，大摇大摆还家。生平快意之餐，隔五十余年犹不能忘。

烩银丝也很可口。煮烂了的肚板儿切成细丝，烩出来颜色雪白。

煮前一定要洗得干净才成。在家里自己煮羊肚儿也并不难。除去草芽之后用盐巴用力翻来翻去地搓，就可以搓得雪白，而且可以除去膻气。整个羊胃，一律切丝，宽汤慢煮，煮烂为止。

东安市场及庙会等处都有卖爆肚儿的摊子，以水爆为限，而且草芽未除，煮出来乌黑一团，虽然也很香脆，只能算是平民食物。

铁锅蛋

北平前门外大栅栏中间路北有一个窄窄的小胡同，走进去不远就走到底，迎面是一家军衣庄，靠右手一座小门儿，上面高悬一面扎着红绸的黑底金字招牌“厚德福饭庄”。看起来真是不起眼，局促在一个小巷底，没去过的人还是不易找到。找到了之后看那门口里面黑不隆冬的，还是有些不敢进去。里面楼上楼下各有两三个雅座，另外三五个散座，那座楼梯又陡又窄，险巇难攀。可是客人一踏进二门，柜台后门的账房苑先生就会扯着大嗓门儿高呼：“看座儿！”他的嗓门儿之大是有名的，常有客人一进门就先开口：“您别喊，我带着孩子呢，小孩儿害怕。”

厚德福饭庄地方虽然逼仄，名气不小，是当时唯一老牌的河南馆子。本是烟馆，所以一直保存那些短炕，附带着卖些点心之类。后来实行烟禁，就改为饭馆了。掌柜的陈莲堂是开封人，很有一把手艺，能制道地的河南菜。时值袁世凯当国，河南人士弹冠相庆之下，厚德福的声誉因之鹊起。嗣后生意日盛，但是风水关系，老址绝不迁移，而且不换装修，一副古老简陋的样子数十年不变。为了扩充营业，先后在北平的城南游艺园、沈阳、长春、黑龙江、西安、青岛、上海、香港、重庆、北碚等处开设分号。陈掌柜手下高徒，一个个的派赴各地分号掌勺。这是厚德福的简史。

厚德福的拿手菜颇有几样，请先谈谈铁锅蛋。

吃鸡蛋的方法很多，炒鸡蛋最简单。常听人谦虚地说："我不会做菜，只会炒鸡蛋。"说这句话的人一定不会把一盘鸡蛋炒得像个样子。摊鸡蛋是把打过的蛋煎成一块圆形的饼，"烙饼卷摊鸡蛋"是北方乡下人的美食。蒸蛋羹花样繁多，可以在表面上敷一层干贝丝、虾仁、蛤蜊肉……至不济撒上一把肉松也成。厚德福的铁锅蛋是烧烤的，所以别致。当然先要置备黑铁锅一个，口大底小而相当高，铁要相当厚实。在打好的蛋里加上油盐佐料，羼一些肉末、绿豌豆也可以，不可太多，然后倒在锅里放在火上连烧带烤，烤到蛋涨到锅口，作焦黄色，就可以上桌了。这道菜的妙处在于铁锅保温，上了桌还有嗞嗞响的滚沸声，这道理同于所谓的"铁板烧"，而保温之久尤过之。我的朋友李清悚先生对我说，他们南京人所谓"涨蛋"也是同样的好吃。我到他府上尝试过，确是不错，蛋涨得高高的起蜂窝，切成菱形块上桌，其缺憾是不能保温，稍一冷却蛋就缩塌变硬了。还是要让铁锅蛋独擅胜场。

赵太侔先生在厚德福座中一时兴起，点了铁锅蛋，从怀中掏出一元钱，令伙计出去买干奶酪（cheese），嘱咐切成碎丁羼在蛋里，要美国奶酪，不要瑞士的，因为美国的比较味淡，容易被大家接受。做出来果然气味喷香，不同凡响，从此悬为定例，每吃铁锅蛋必加奶酪。

现在我们有新式的电炉烤箱，不一定用铁锅，禁烧烤的玻璃盆（casserole）照样的可以做这道菜，不过少了铁锅那种原始粗犷的风味。

酱菜

抗战时我和老向在后方，我调侃他说：“贵地保定府可有什么名产？”他说：“当然有。保定府，三宗宝，铁球、酱菜、春不老。”他并且说将来有机会必定向我献宝，让我见识见识。抗战胜利还乡，他果然实践诺言，从保定到北平来看我，携来一对铁球（北方老人喜欢放在手里揉玩的玩意儿），一篓酱菜，春不老因不是季节所以不能带。铁球且不说，那篓酱菜我起初未敢小觑，胜地名产，当有可观。油纸糊的篓子，固然简陋，然凡物不可貌相。打开一看，原来是什锦酱菜，萝卜、黄瓜、花生、杏仁都有。我捏一块放进嘴里，哇，比北平的大腌萝卜“棺材板”还咸！

北平的酱菜，妙在不太咸，同时又不太甜。粮食店的六必居，因为匾额是严嵩写的（三个大字确是写得好），格外的有号召力，多少人跑老远的路去买他的酱菜。我个人的经验是，盛名之下，其实难副。铁门也有一家酱园，名震遐迩，也没有什么特殊。倒是金鱼胡同市场对面的天义顺，离我家近，货色新鲜。

酱菜的花样虽多，要以甜酱萝卜为百吃不厌的正宗。这种萝卜，细长质美，以制酱菜恰到好处。他处的萝卜嫌水分太多，质地不够坚实，酱出来便不够脆，不禁咀嚼。可见一切名产，固有赖于手艺，实则材料更为重要。甘露，作螺蛳状，清脆可口，是别处所没有的。

有两样酱菜，特别宜于做烹调的配料。一个是酱黄瓜炒山鸡丁。过年前后，野味上市，山鸡（即雉）最受欢迎，那彩色的长尾巴就很好看。取山鸡胸肉切丁，加进酱黄瓜块大火爆炒，临起锅时再投入大量的葱块，浇上麻油拌匀。炒出来鸡肉白嫩，羼上酱黄瓜又咸又甜的滋味，是年菜中不可少的一味，要冷食。北地寒，炒一大锅，经久不坏。

另一味是酱白菜炒冬笋。这是一道热炒。北方的白菜又白又嫩。新从酱缸出来的酱白菜，切碎，炒冬笋片，别有风味，和雪里蕻炒笋、芥菜炒笋、冬菇炒笋迥乎不同。

日本的酱菜，太咸太甜，吾所不取。

火腿

从前北方人不懂吃火腿，嫌火腿有一股陈腐的油腻涩味。也许是不善处理，把“滴油”一部分未加削裁就吃下去了，当然会吃得舌矫不能下，好像舌头要粘住上膛一样。有些北方人见了火腿就发怵，总觉得没有清酱肉爽口。后来许多北方人也能欣赏火腿，不过火腿究竟是南货，在北方不是顶流行的食物。道地的北方餐馆作菜配料，绝无使用火腿，永远是清酱肉。事实上，清酱肉也的确很好，我每次作江南游总是携带几方清酱肉，分馈亲友，无不赞美。只是清酱肉要输火腿特有的一段香。

火腿的历史且不去谈它。也许是宋朝大破金兵的宗泽于无意中所发明。宗泽是义乌人，在金华之东。所以直到如今，凡火腿必曰“金华火腿”。东阳县亦在金华附近，《东阳县志》云：“熏蹄，俗谓火腿，其实烟熏，非火也。腌晒熏将如法者，果胜常品，以所腌之盐必台盐，所熏之烟必松烟，气香烈而善入，制之及时如法，故久而弥旨。”火腿制作方法亦不必细究，总之手续及材料必定很有考究。东阳上蒋村蒋氏一族大部分以制火腿为业，故“蒋腿”特为著名。金华本地常不能吃到好的火腿，上品均已行销各地。

我在上海时，每经大马路，辄至天福市得熟火腿，四角钱的量，店员以利刃切成薄片，瘦肉鲜明似火，肥肉依稀透明，佐酒下饭为无上妙品。至今思之犹有余香。

一九二六年冬，某日吴梅先生宴东南大学同仁于南京北万全，予亦叨陪。席间上清蒸火腿一色，盛以高边大瓷盘，取火腿最精部分，切成半寸见方、高寸许之小块，二三十块矗立于盘中，纯由醇酿花雕蒸制熟透，味之鲜美无与伦比。先生微酡，击案高歌，盛会难忘，于今已有半个世纪有余。

抗战时，某日张道藩先生召饮于重庆之留春坞。留春坞是云南馆子。云南的食物产品，无论是萝卜或是白菜都异常硕大，猪腿亦不例外。故云腿通常均较金华火腿为壮观，脂多肉厚，虽香味稍逊，但是做叉烧火腿则特别出色。留春坞的叉烧火腿，大厚片烤熟夹面包，丰腴适口，较湖南馆子的蜜汁火腿似乎犹胜一筹。

台湾气候太热，不适于制作火腿，但有不少人仿制，结果不是粗制滥造，但是腌晒不足急于发售，带有死尸味；幸而无尸臭者，亦是一味死咸，与“家乡肉”无殊。逢年过节，常收到礼物，火腿是其中一色。即使可以食用，其中那根大骨头很难剔除，运斤猛斫，可能砍得稀巴烂而骨尚未断，我一见火腿便觉束手无策，廉价出售不失为一办法，否则只好央由菁清持往熟识商店请求代为肢解。

有人告诉我，整只火腿煮熟是有诀窍的。法以整只火腿浸泡水中三数日，每日换水一二次，然后刮磨表面油渍，然后用凿子挖出其中的骨头（这层手续不易），然后用麻绳紧紧捆绑，下锅煮沸二十分钟，然后以微火煮两小时，然后再大火煮沸，取出冷却，即可食用。像这样繁复的手续，我们哪得工夫？不如买现成的火腿吃（台北有两家上海店可以买到），如果买不到，干脆不吃。

有一次得到一只真的金华火腿，瘦小坚硬，大概是收藏有年。菁清持往熟识商肆，老板举刀，砉的一声，劈成两截。他怔住了，鼻孔翕张，好像是嗅到了异味，惊叫：“这是道地的金华火腿，数十年不闻此味矣！”他嗅了又嗅不忍释手，他要求把爪尖送给他，结果连蹄带爪都送给他了。他说回家去要好好炖一锅汤吃。

美国的火腿，所谓ham，不是不好吃，是另一种东西。如果是现烤出来的大块火腿，表皮上烤出凤梨似的斜方格，趁热切大薄片而食之，亦颇可口，唯不可与金华火腿同日而语。“弗琴尼亚火腿”则又是一种货色，色、香、味均略近似金华火腿，去骨者尤佳，长居海外的游子，得此聊胜于无。

笋

我们中国人好吃竹笋。《诗·大雅·韩奕》："其簌维何，维笋维蒲。"可见自古以来，就视竹笋为上好的蔬菜。唐朝还有专员管理植竹，《唐书·百官志》："司竹监掌植竹苇……岁以笋供尚食。"到了宋朝的苏东坡，初到黄州立刻就吟出"长江绕郭知鱼美，好竹连山觉笋香"之句，后来传诵一时的"无竹令人俗，无肉使人瘦。若要不俗也不瘦，餐餐笋煮肉"，更是明白表示笋是餐餐所不可少的。不但人爱吃笋，熊猫也非吃竹枝竹叶不可，竹林若是开了花，熊猫如不迁徙便会饿死。

笋，竹萌也。竹类非一，生笋的季节亦异，所以笋也有不同种类。苦竹之笋当然味苦，但是苦的程度不同。太苦的笋难以入口，微苦则亦别有风味，如食苦瓜、苦菜、苦酒，并不嫌其味苦。苦笋先煮一过，可以稍减苦味。苏东坡是吃笋专家，他不排斥苦笋，有句云："久抛松菊犹细事，苦笋江豚那忍说？"他对苦笋还念念不忘呢。黄鲁直曾调侃他："公如端为苦笋归，明日春衫诚可脱。"为了吃苦笋，连官都可以不做。我们在台湾夏季所吃到的鲜笋，非常脆嫩，有时候不善挑选的人也会买到微苦味的。好像从笋的外表形状就可以知道其是否苦笋。

春笋不但细嫩清脆，而且样子也漂亮。细细长长的，洁白光润，没有一点瑕疵。春雨之后，竹笋骤发，水分充足，纤维特细。古人形容妇女手指之美常曰春笋。“秋波浅浅银灯下，春笋纤纤玉镜前。”（《剪灯余话》）这比喻不算夸张，你若是没见过春笋一般的手指，那是你所见不广。春笋怎样做都好，煎炒煨炖，无不佳妙。油焖笋非春笋不可，而春笋季节不长，故罐头油焖笋一向颇受欢迎，惟近制多粗制滥造耳。

冬笋最美。杜甫《发秦州》：“密竹复冬笋。”好像是他一路挖冬笋吃。冬笋不生在地面，冬天是藏在土里的，需要掘出来。因其深藏不露，所以质地细密。北方竹子少，冬笋是外来的，相当贵重。在北平馆子里叫一盘“炒二冬”（冬笋、冬菇）就算是好菜。东兴楼的“虾子烧冬笋”，春华楼的“火腿煨冬笋”，都是名菜。过年的时候，若是以一蒲包的冬笋、一蒲包的黄瓜送人，这份礼不轻，而且也投老饕之所好。我从小最爱吃的一道菜，就是冬笋炒肉丝，加一点韭黄、木耳，临起锅浇一勺绍兴酒，认为那是无上妙品——但是一定要我母亲亲自掌勺。

笋尖也是好东西，杭州的最好。在北平有时候深巷里发出跑单帮的杭州来的小贩叫卖声，他背负大竹筐，有一小竹篓的笋尖兜售。他的笋尖是比较新鲜的，所以还有些软。肉丝炒笋尖很有味，羼在素什锦或烤麸之类里面也好，甚至以笋尖烧豆腐也别有风味。笋尖之外还有所谓“素火腿”者，是大片的制炼过的干笋，黑黑的，可以当作零嘴啃。

究竟笋是越新鲜越好。有一年我随舅氏游西湖，在灵隐寺前面的一家餐馆进膳，是素菜馆，但是一盘冬菇烧笋真是做得出神入化，主要是因为笋新鲜。前些年一位朋友避暑上狮头山住最高处一尼庵，贻书给我说：“山居多佳趣，每日素斋有新砍之笋，味绝鲜美，盍来共尝？”我没去，至今引以为憾。

关于冬笋，台南陆国基先生赐书有所补正，他说：“‘冬笋不生在地面，冬天是藏在土里’这两句话若改作‘冬笋是生长在土里’，较为简明。兹将冬笋生长过程略述于后。我们常吃的冬笋为孟宗竹笋（台湾建屋搭鹰架用竹），是笋中较好吃的一种，隔年秋初，从地下茎上发芽，慢慢生长，至冬天已可挖吃。竹的地下茎，在土中深浅不一，离地面约十公分所生竹笋，其尖（芽）端已露出土壤，笋箨呈青绿。离地表面约尺许所生竹笋，冬天尚未露出土表，观土面隆起，布有新细缝者，即为竹笋所在。用锄挖出，笋箨淡黄。若离地面一尺以下所生竹笋，地面表无迹象，殊难找着。要是掘笋老手，观竹枝开展，则知地下茎方向，亦可挖到竹笋。至春暖花开，雨水充足，深土中竹笋迅速伸出地面，即称春笋。实际冬笋、春笋原为一物，只是出土有先后，季节不同。所有竹笋未出地面都较好吃，非独孟宗竹为然。”附此志谢。

满汉细点

北平的点心店叫做饽饽铺。都有一座细木雕花的门脸儿，吊着几个木牌，上面写着“满汉细点”什么的。可是饽饽都藏在里面几个大盒子大柜子里，并不展示在外，而且也没有什么货品价格表之类的东西。进得铺内，只觉得干干净净，空空洞洞，香味扑鼻。

满汉细点，究竟何者为满何者为汉，现已分辨不清。至少从名称看来，“萨其玛”该是满洲点心。我请教过满洲旗人，据告萨其玛是满文的蜜甜之意，我想大概是的。这东西是油炸黄米面条，像蜜供似的，但是很细很细，加上蜜拌匀，压成扁扁的一大块，上面撒上白糖和染红了的白糖，再加上一层青丝红丝，然后切成方形的块块。很甜，很软和，但是很好吃。如今全国各处无不制售萨其玛，块头太大太厚，面条太粗太硬，蜜太少，名存实亡，全不对劲。

蜂糕也是北平特产，有黄白两种，味道是一样的。是用糯米粉调制蒸成，呈微细蜂窝状，故名。质极松软，微粘，与甜面包大异其趣。内羼少许核桃仁，外裹以薄薄的豆腐皮以防粘着蒸器。蒸热再吃尤妙，最宜病后。

花糕月饼是秋季应时食品。北方的翻毛月饼，并不优于江南的月饼，更与广式月饼不能相比，不过其中有一种山楂馅的翻毛月饼，薄薄的小小的，我认为风味很好，别处所无。大抵月饼不宜过甜，不宜太厚，山楂馅带有酸味，故不觉其腻。至于花糕，则是北平独有之美点，在秋季始有发售，有粗细两品，有荤素两味。主要的是两片枣泥馅的饼，用模子制成，两片之间夹列胡桃、红枣、松子、缩葡之类的干果，上面盖一个红戳子，贴几片芫荽叶。清李静山《都门汇纂》里有这样一首竹枝词：

中秋才过近重阳，
又见花糕各处忙。
面夹双层多枣栗，
当筵题句傲刘郎。

一般饽饽铺服务周到。我家小园有一架紫藤，花开累累，满树满枝，乃摘少许，洗净，送交饽饽铺代制藤罗饼，鲜花新制，味自不同。又红玫瑰初放（西洋品种肥大而艳，但少香气），亦常摘取花瓣，送交肆中代制玫瑰饼，气味浓馥，不比寻常。

说良心话，北平饼饵除上述几种之外很少令人怀念的。有人艳称北平的“大八件”“小八件”，实在令人难以苟同。所谓大八件无非是油糕、萲花、大自来红、自来白等等，小八件不外是鸡油饼、卷酥、绿豆糕、槽糕之类。自来红、自来白乃是中秋上供的月饼，馅子里面有些冰糖，硬邦邦的，大概只宜于给兔爷儿吃。萲花甜死人！绿豆糕噎死人！大八件小八件如果装在盘子里，那盒子也吓人，活像一口小棺材，而木板尚未刨光。若是打个蒲包，就好看得多。

有所谓“缸捞”者，有人写作“干酪”，我不知究竟怎样写法。是圆饼子，中央微凸，边微薄，无馅，上面常撒上几许桂花，故称桂花缸捞。探视妇人产后，常携此为馈赠。此物松软合度，味道颇佳，我一向喜欢吃，后来听一位在外乡开点心铺的亲戚说，此物乃是聚集簸箩里的各种饽饽碎渣加水揉和再行烘制而成。然物美价廉不失为一种好的食品。“薄脆”也不错，又薄又脆。都算是平民食物。

“茯苓饼”其实没有什么好吃，沾光茯苓二字。《淮南子》：“千年之松，下有茯苓。”是一种地下菌，生在山林中松根之下。李时珍说：“盖松之神，灵之气，伏结而成。”无端给它加上神灵色彩。于是乃入药，大概吃了许有什么神奇之效。北平前门大街正明斋所制茯苓饼最负盛名，从前北人南游常携此物馈赠亲友。直到如今，有人从北平出来还带一盒茯苓饼给我，早已脆碎坚硬不堪入口。即使是新鲜的，也不过是飞薄的两片米粉糊烘成的饼，夹以黑糊糊的一些碎糖黑渣而已。

满洲饽饽还有一品叫作“桌张”，俗称饽饽桌子，是丧事人家常用的祭礼。半生不熟的白面饼子，稍加一些糖，堆积起来一层层的有好几尺高，放在灵前供台上的两旁。凡是本家姑奶奶之类的亲属没有不送饽饽桌子的，可壮观瞻，不堪食用。丧事过后，弃之可惜，照例分送亲友以及佣人小孩。我小时候遇见几次丧事，分到过十个八个这样的饽饽，童子无知，称之为“死人饽饽”，放在火炉口边烤熟，啃起来也还不错，比根本没有东西吃好一些。清人得硕亭竹枝词《草珠一串》有一首咏其事：

满洲糕点样原繁，
踵事增华不可言。
惟有桌张遗旧制，
几同告朔饩羊存。

蟹

蟹是美味，人人喜爱，无间南北，不分雅俗。当然我说的是河蟹，不是海蟹。在台湾有人专程飞到香港去吃大闸蟹。好多年前我的一位朋友从香港带回了一篓螃蟹，分飨了我两只，得膏馋吻。蟹不一定要大闸的，秋高气爽的时节，大陆上任何湖沼溪流，岸边稻米高粱一熟，率多盛产螃蟹。在北平，在上海，小贩担着螃蟹满街吆唤。

七尖八团，七月里吃尖脐（雄），八月里吃团脐（雌），那是蟹正肥的季节。记得小时候在北平，每逢到了这个季节，家里总要大吃几顿，每人两只，一尖一团。照例通知长发送五斤花雕全家共饮。有蟹无酒，那是大煞风景的事。《晋书·毕卓传》："右手持酒杯，左手持蟹螯，拍浮酒船中，便足了一生矣！"我们虽然没有那样狂，也很觉得乐陶陶了。母亲对我们说，她小时候在杭州家里吃螃蟹，要慢条斯理，细吹细打，一点蟹肉都不能糟踏，食毕要把破碎的蟹壳放在戥子上称一下，看谁的一份儿分量轻，表示吃得最干净，有奖。我心粗气浮，没有耐心，蟹的小腿部分总是弃而不食，肚子部分囫囵略咬而已。每次食毕，母亲教我们到后院采择艾尖一大把，搓碎了洗手，去腥气。

在餐馆里吃“炒蟹肉”，南人称炒蟹粉，有肉有黄，免得自己剥壳，吃起来痛快，味道就差多了。西餐馆把蟹肉剥出来，填在蟹匡里（蟹匡即蟹壳）烤，那种吃法别致，也索然寡味。食蟹而不失原味的惟一方法是放在笼屉里整只的蒸。在北平吃螃蟹惟一好去处是前门外肉市正阳楼。他家的蟹特大而肥，从天津运到北平的大批蟹，到车站开包，正阳楼先下手挑捡其中最肥大者，比普通摆在市场或担贩手中者可以大一倍有余，我不知道他是怎样获得这一特权的。蟹到店中畜在大缸里，浇鸡蛋白催肥，一两天后才应客。我曾掀开缸盖看过，满缸的蛋白泡沫。食客每人一份小木槌小木垫，黄杨木制，旋床子定制的，小巧合用，敲敲打打，可免牙咬手剥之劳。我们因为是老主顾，伙计送了我们好几副这样的工具。这个伙计还有一个绝招，能吃活蟹，请他表演他也不辞。他取来一只活蟹，两指掐住蟹匡，任它双螯乱舞，轻轻把脐掰开，咔嚓一声把蟹壳揭开，然后扯碎入口大嚼。看得人无不心惊。据他说味极美，想来也和吃炝活虾差不多。在正阳楼吃蟹，每客一尖一团足矣，然后补上一碟烤羊肉夹烧饼而食之，酒足饭饱。别忘了要一碗氽大甲，这碗汤妙趣无穷，高汤一碗煮沸，投下剥好了的蟹螯七八块，立即起锅注在碗内，洒上芫荽末、胡椒粉和切碎了的回锅老油条。除了这一味氽大甲，没有任何别的羹汤可以压得住这一餐饭的阵脚。以蒸蟹始，以大甲汤终。前后照应，犹如一篇起承转合的文章。

蟹黄蟹肉有许多种吃法，烧白菜、烧鱼唇、烧鱼翅，都可以。蟹黄烧卖则尤其可口，惟必须真有蟹黄蟹肉放在馅内才好，不是一两小块蟹黄摆在外面做样子的。蟹肉可以腌后收藏起来，是为蟹胥，俗名为蟹酱，这是我们古已有之的美味。《周礼·天官·庖人》注："青州之蟹胥。"青州在山东，我在山东住过，却不曾吃过青州蟹胥，但是我有一位家在芜湖的同学，他从家乡带了一小坛蟹酱给我。打开坛子，黄澄澄的蟹油一层，香气扑鼻。一碗阳春面，加进一两匙蟹酱，岂只是"清水变鸡汤"？

海蟹虽然味较差，但是个子粗大，肉多。从前我乘船路过烟台威海卫，停泊之后，舢板云集，大半是贩卖螃蟹和大虾的。都是煮熟了的。价钱便宜，买来就可以吃。虽然微有腥气，聊胜于无。生平吃海蟹最满意的一次，是在美国华盛顿州的安哲利斯港的码头附近，买得两只巨蟹，硕大无朋，从冰柜里取出，却十分新鲜，也是煮熟了的，一家人乘等候轮渡之便，在车上分而食之，味甚鲜美，和河蟹相比各有千秋，这一次的享受至今难忘。

陆放翁诗："磊落金盘荐糖蟹。"我不知道螃蟹可以加糖。可是古人记载确有其事。《清异录》："炀帝幸江州，吴中贡糖蟹。"《梦溪笔谈》："大业中，吴郡贡蜜蟹二千头。……又何胤嗜糖蟹。大抵南人嗜咸，北人嗜甘，鱼蟹加糖蜜，盖便于北俗也。"如今北人没有这种风俗，至少我没有吃过甜螃蟹，我只吃过南人的醉蟹，真咸！螃蟹蘸姜醋，是标准的吃法，常有人在醋里加糖，变成酸甜的味道，怪！

梁实秋散文精选

动物故事

黎明时，窗外是一片鸟啭，

不是吱吱喳喳的麻雀，

不是呱呱噪啼的乌鸦，

那一片声音是清脆的，是嘹亮的。

猫的故事

猫很乖，喜欢偎傍着人；有时候又爱蹭人的腿，闻人的脚。惟有冬尽春来的时候，猫叫春的声音颇不悦耳，呜呜的一声一声的吼，然后突然的哇咬之声大作，唏哩哗喇的，铿天地而动神祇。这时候你休想安睡。所以有人不惜昏夜起床持大竹竿而追逐之。相传有一位和尚作过这样的一首诗："猫叫春来猫叫春，听他愈叫愈精神。老僧亦有猫儿意，不敢人前叫一声。"这位师父富同情心，想来不至于抡大竹竿子去赶猫。

我的家在北平的一个深巷里。有一天，冬夜荒寒，卖水萝卜的、卖硬面饽饽的，都过去了，除了值更的梆子遥远的响声，可以说是万籁俱寂。这时候屋瓦上"嗥"的一声猫叫了起来，时而如怨如诉，时而如诟如詈，然后一阵跳踉，窜到另外一间房上去了，往返跳跃，搅得一家不安。如是者数日。

北平的窗子是糊纸的，窗棂不宽不窄正好容一只猫儿出入，只消他用爪一划，即可通往无阻。在春暖时节，有一夜，我在睡梦中好像听到小院书房的窗纸响，第二天发现窗棂上果然撕破了一个洞，显然的是有野猫钻了进去。大概是饿极了，进去捉老鼠。我把窗纸补好。不料第二天猫又来，仍从原处出入，这就使我有些不耐烦，一之已甚，岂可再乎？第三天又发生同样情形，而且把书桌、书架都弄得凌乱不堪，书桌上印了无数的梅花印，我按捺不住了。我家的厨师是一个足智多谋的人，除了调和鼎鼐之外还贯通不少的左道旁门，他因为厨房里的肉常常被猫拖拉到灶下，鱼常被猫叼着上了墙头，怀恨于心，于是殚智竭力，发明了一个简单而有效的捕猫方法。用铁丝一根，在窗棂上猫经常出入之处钉一个铁钉，铁丝一端系牢在铁钉之上，另一端在铁丝上做一活扣，使铁丝作圆箍形，把圆箍伸缩到适度放在窗棂上，便诸事完备，静待活捉。猫窜进屋的时候前腿伸入之后身躯势必触到铁丝圆箍，于是正好套在身上，活生生悬在半空，愈挣扎则圆箍愈紧。厨师看我为猫所苦无计可施，遂自告奋勇为我在书房窗上装置了这么一个机关。我对他起初并无信心，姑妄从之。但是当天夜里居然有了动静。早晨起来一看，一只瘦猫奄奄一息的赫然挂在那里！

厨师对于捉到的猫向来执法如山，不稍宽假，我看了猫的那副可怜相，直为她缓颊。结果是从轻发落予以开释。但是厨师坚持不能不稍予膺惩，即在猫身上原来的铁丝系上一只空罐头，开启街门放她一条生路。只见猫一溜烟似的唏哩哗喇的拖着罐头绝尘而去，像是新婚夫妻的汽车之离教堂去度蜜月。跑得愈快，罐头响声愈大，猫受惊乃跑得更快，惊动了好几条野狗在后面追赶，黄尘滚滚，一瞬间出了巷口往北而去。她以后的遭遇如何我不知道，我心想她吃了这个苦头以后绝对不会再光顾我的书房。窗户纸从新糊好，我准备高枕而眠。

当天夜里，听见铁罐响，起初是在后院砖地上哗啷哗啷的响，随后像是有东西提着铁罐猱升胯院的枣树，终乃在我的屋瓦上作响。屋瓦是一垄一垄的，中有小沟，所以铁罐越过瓦垄的声音是格登格登的清晰可辨。我打了一个冷战，难道是那只猫的阴魂不散？她拖着铁罐子跑了一天，藏躲在什么地方，终于夤夜又复光临寒舍？我家究竟有什么东西值得使她这样的念念不忘？

哗啷一声，铁罐坠地，显然的是铁丝断了。几乎同时，噗的一声，猫顺着我窗前的丁香树也落了地。她低声的呻吟了一声，好像是初释重负后的一声叹息。随后我的书房窗纸又撕破了——历史重演。

这一回我下了决心，我如果再度把她活捉，要用重典，不是系一个铁罐就能了事。我先到书房里去查看现场，情况有一些异样，大书架接近顶棚最高的一格有几本书洒落在地上。倾耳细听，书架上有呼噜呼噜的声音。怎么猫找到了这个地方来酣睡？我搬了高凳爬上去窥视，吓我一大跳，原来是那只瘦猫拥着四只小猫在喂奶！

四只小猫是黑白花的，咕咕容容的在猫的怀里乱挤，好像眼睛还没有睁开，显然是出生不久。在车船上遇到有妇人生产，照例被视为喜事，母子好像都可以享受好多的优待。我的书房里如今喜事临门，而且一胎四个，原来的一腔怒火消去了不少。天地之大德曰生，这道理本该普及于一切有情。猫为了她的四只小猫，不顾一切的冒着危险回来喂奶，伟大的母爱实在是无以复加！

猫的秘密被我发现，感觉安全受了威胁，一夜的功夫她把四只小猫都叼离书房，不知运到什么地方去了。

猪

猪没有什么模样儿，笨拙臃肿，漆黑一团。四川猪是白的，但是也并不俊俏，像是遍体白癜风，像是“天佬儿”，好像还没有黑色来得比较可以遮丑。俗话说：“三年不见女人，看见一只老母猪，也觉得它眉清目秀。”一般人似尚不至如此，老母猪离眉清目秀的境界似乎尚远。只看看它那个嘴巴，尽管有些近于帝王之相，究竟占面部面积过多，作为武器固未尝不可，作为五官之一就嫌不称。它那两扇鼓动生风的耳轮，细细的两根脚杆，辫子似的一条尾巴，陷在肉坑里的一对小眼和那快擦着地的膨亨大腹，相形之下，全不成比例。当然，如果它能竖起来行走，大腹便便也并不妨事，脑满肠肥的一副相说不定还许能赢得许多人的尊敬，脸上的肉叠成褶，也许还能讨若干人的欢喜。可惜它只能四脚着地，辜负了那一身肉，只好谥之曰“猪猡”。

任何事物不可以貌相，并且相貌的丑俊也不是自己所能主宰的。上天造物是有那么多的变化，有蠢的，有俏的。可恼的是猪儿除了那不招人爱的模样之外，它的举止动作也全没有一点风度。它好睡，睡无睡相。人讲究“坐如钟，睡如弓”，猪不足以语此。它睡起来是四脚直挺，倒头便睡，而且很快的就鼾声雷动，那鼾声是咯嗒噜苏的，很少悦耳的成分。一经睡着，天大的事休想能惊醒它，打它一棒它能翻过身再睡，除非是一桶猪食哗喇一声倒在食槽里。这时节它会连爬带滚的争先恐后的奔向食槽，随吃随挤，随咽随咂，嚼菜根则嘎嘎作响，吸豆渣则呼呼有声，吃得嘴脸狼藉，可以说没有一点“新生活”。动物的叫声无论是哀也好，凶也好，没有像猪叫那样讨厌的，平常没有事的时候，只会在嗓子眼儿里呶呶嚅嚅，没有一点痛快，等到大限将至被人揪住耳朵提着尾巴的时候，便放声大叫，既不惹人怜，更不使人怕，只是使人听了刺耳。它走路的时候，踯躅蹒跚，活泼的时候，盲目的乱窜，没有一点规矩。

虽然如此，猪的人缘还是很好。我在乡间居住的时候，女佣不断的要求养猪。她常年茹素，并不希冀吃肉，更不希冀赚钱，她只是觉得家里没有几只猪儿便不像是个家，虽然有了猫、狗和孩子，还是不够。我终于买了两只小猪。她立刻眉开眼笑，于抚抱之余给了小猪我所梦想不到的一个字的评语曰：“乖！”孟子曰：“食而弗爱，豕交之也；爱而不敬，兽畜之也。”我看我们的女佣在喂猪的时候是兼爱敬而有之。她根据“食不厌精，脍不厌细”的道理，对于猪食是细切久煮、敬谨用事的，一日三餐，从不误时，伺候猪食之后倒是没有忘记过给主人做饭。天朗气清、惠风和畅的时候，她坐在屋檐下补袜子，一对小猪伏在她的腿上打瞌睡。等到“架子”长成“催肥”的时候来到，她加倍努力地供应，像灌溉一株花草一般地小心翼翼。它越努力加餐，她越心里欢喜，她俯在圈栏上看着猪儿进膳，没有偏疼，没有愠意，一片慈祥。有一天，猪儿高卧不起，见了食物也无动于心，似有违和之意，她急得烧香焚纸，再进一步就是在猪耳根上放一点血，烧红一块铁在猪脚上烙一下，最后一着是一服万金油拌生鸡蛋。年关将届，她噙着眼泪烧一大锅开水，给猪洗第一次也是最后一次的热水澡。猪圈不能空着，紧接着下一代又继承了上来。

看猪的一生，好像很是无聊，大半时间都是被关在圈里，如待决之囚，足迹不出栅门，也不能接见亲属，而且很早的就被阉割，大欲就先去了一半，浑浑噩噩地度过一生，临了还不免冰凉地一刀。但是它也有它的庸福。它不用愁吃，到时候只消饭来张口，它不用劳力，它有的是闲暇。除了它最后不得善终好像是不无遗憾以外，一生的经过比起任何养尊处优的高级动物也并无愧色。“闻其声不忍食其肉”，是君子，但是我常以为猪叫的声音不容易动人的不忍之心。有一个时期，我的居处与屠场为邻，黎明就被惊醒，其鸣也不哀，随后是血流如注的声音，叫声顿止，继之以一声叹气，最后的一口气，再听便只有屋檐滴雨一般的沥血的声音，滴滴答答地落在桶里。我觉得猪经过这番洗礼，将超升成为一种有用的东西，无负于豢养它的人，是一件公道而可喜的事。

仓颉造字，天雨粟，鬼夜哭，虽是神话，也颇有一点意思。

“家”字是屋子底下一口猪。屋子底下一个人，岂不简捷了当？难道猪才是家里主要的一员？有人说豕居引申而为人居，有人引《曲礼》“问庶人之富，数畜以对”之义，以为豕是主要的家畜。我养过几年猪之后，顿有所悟。猪在圈里的工作，主要的是“吃、喝、拉、撒、睡”，此外便没有什么。圈里是脏的，顶好的卫生设备也会弄得一塌糊涂。吃了睡，睡了吃，毫无顾忌，便当无比。这不活像一个家么？在什么地方“吃喝拉撒睡”比在家里更方便？人在家里的生活比在什么地方更像一只猪？仓颉泄露天机倒未必然，他洞彻人生，却是真的，怪不得天雨粟、鬼夜哭。

一条野狗

野狗当道，有司捕杀之，吾无间然。

夜深人静，常听到犬吠之声盈耳，哀而且厉，随即寂然。我初以为是狗屠出来猎狩，收集香肉，供人大嚼。后来听说是市府派出来的专人收捕野狗。他们的猎具简单，一根棍子，顶端系上一个铅铁丝圈的活套，瞄准了套在狗颈上面，越拉愈紧，狗便无法挣脱。提起狗来往停在路边的车子里一甩，凑足了十个八个，送往拘留场所，三日无人认领，则聚而歼之，无稍贷。对市民而言，这是德政。

从前我的居处楼上有人养狗，我从未见过这狗，不知其为雌雄、妍媸、胖瘦。但是狗准时狂吠，准在黎时的时候以极不悦耳的短促而连续的声音嗥叫，惊醒上下左右邻人的清睡。熟睡中被惊醒是很难受的。古人形容人民之安居乐业的现象之一是“狗不夜吠”（见《后汉书·循吏传》）。有一天菁清在电梯中遇到狗主人，说起这条狗，委婉的请求她能不能“无使尨也吠”。狗主人反问：“你搬来多久了？”菁清说：“将近一月。”狗主人说：“我在此地养这条狗将近三年了。”言外之意是，她和她的狗已经是资深的住户，一切早已定型，传统不容置疑。我闻之不禁叹息，有其人必有其狗。可是睦邻要紧，何况这狗不是野狗，所以这桩事只好列为百忍的项目之一。忍了两年，忽不闻犬吠，人犬俱杳，大概是搬走了。

历史重演，我现在住的地方又有一条狗半夜里汪汪的叫，不是在楼上，是在街上，原是一家店铺豢养的一只母狗，店铺关门，狗被遗弃，变成了野狗。它在附近餐馆偶然拾些残羹剩炙，苟全性命，但是瘦骨嶙峋，棕黑色的毛脱落了一半，同时还长满了虱。别看它这副腌臜相，在一群落魄的公狗的眼里，它还是眉清目秀的。果然，有一夜晚，一群野狗狺狺然骚动起来，争相追逐这只可怜的母狗。结果是不免。群狗哄散，不久这条狗就大腹膨亨了。大概狗在怀胎期间格外容易感觉到饿，所以它叫得格外凄厉。菁清和我时常外出就餐，偶然剩余的菜肴便大包小包的携带回家，菁清没有浪费的习惯，归途遇见这只母狗，菁清顺手开包裹，投以肉骨之类。一只狗真正饥饿的时候，饥火中烧，忽然看见肉骨，饥火会从眼里直冒出来。它急急忙忙的大口吞嚼。咔嚓咔嚓之声可闻，还不时的左顾右盼，惟恐谁来夺食。吃完之后，还要舔地，好像是意犹未足。菁清索兴以全部剩食投赠，它如风卷残云一般吃得一干二净。饿狗得食，那份满足的样子给人印象至深。此后我们就时常喂它，它好像认识我们了，见到我们就摇它的尾巴，这是它的礼貌。我们只是“随所见物，发慈悲心”（莲池大师语），并不是对这只野狗有所偏爱。

有一天，楼下餐馆主人说，那只野狗利用他后门外的一角空地产下了五只小狗。菁清就劝店主喂养它们，店主也答应了，只是把三只小狗送人，留下两只。我们看了这两只，肥肥胖胖，满地打滚，一白色一棕色。天地之大德曰生，狗也在一切有情之内。现有母狗长得丰满了，皮毛也显著悦泽，母性焕发，怡然自得，再也不黎明狂吠扰人清梦了。我们为它庆幸，“得其所哉”！尤其是看它喂奶给小狗吃的那副舒坦的样子，令人兴起愉愉之感。

忽然有一天餐馆主人告诉我们，那条狗被抓走了！我们立刻就想到捕狗人员用铁圈套狗的样子，不免戚然。问店主要不要去认领，他摇摇头。“那两只小狗怎么办呢？”他说：“我们会喂它。”说着说着那两只小狗跑过来了，依然欢蹦乱跳，满地打滚，不晓得覆巢之下岂有完卵！

我知道那条狗还可以苟延残喘三天，这三天中，我不时的想到了它。三天过后，万事皆空，它的影子仍然不时的浮现在我心里。这条狗并不美丰姿，比起什么狮子狗、狐狸狗、哈叭狗、牧羊狗、大丹狗、香肠狗、牛头狗……都差得远。我没有抚摩过它，只是偶有一饭之恩。奈何三日已过而仍萦绕我的心怀？我的心怀已经是满满的，不能再容纳一只无家可归惨遭捕杀的野狗。我想唯一的释怀的方法是把这一桩事写出来，也许写出来之后心里就会觉得释然。试试看。

一只野猫

流浪街头无人豢养的猫，叫作野猫。通常是瘦得皮包骨，一身渍泥，瞪着大眼嗥嗥地叫，见人就跑。英语称之为街猫，以别于家猫，似较为确切，因为野猫是另一种东西，本名lynx，我们称之为山猫，大概也就是我们酒席上的果子狸。

稀脏邋遢的孩子，在街上鬼混，我们称之为野孩子。其实他和良家子弟属于同一品种，不是蛮荒的野人的孑遗，只是缺乏教养失去了家庭温暖的可怜的孩子。猫也是一样。踯躅街头嗷嗷待哺的猫，我也似乎不该叫它为野猫，只因一时想不起较合适的名称，暂时委屈它一下称之为野猫吧。

一般的野猫，其实是驯顺的，而且很胆怯。在垃圾堆旁的野猫都是贼眉鼠眼的，一面寻食，一面怕狗，更怕那些比狗更凶的人。我们在街上看见几只野猫，怜其孤苦伶仃，顶多付诸一叹，焉能广为庇护使尽得其所？但是如果一只野猫不时的在你大门外出现，时常跟着你走，有时候到了夜晚蹲在你的门前守候着你，等你走近便叫一声“咪噢”，而你听起来好像是叫一声“妈”……恐怕你就不能不心动一下，恻隐之心，皆有之。

菁清最近遇到了这样的一只野猫。白毛，大块的黑斑，耳朵是黑的，尾巴是黑的，背上疏疏落落的有三五大块黑，显着粗豪，但不难看，很脏，但是很胖，也许本是家猫而被遗弃的，也许它善于保养而猎食有道。它跟了菁清几天，她不能恝置不理了，俯下身去摸摸它，哇，毛一缕缕的粘结在一起，刚鬣鬅鬙，大概是好久不曾梳洗。

“我们把它抱到家里来吧？”菁清说。我断然说：“不可。”

我们家已经有白猫王子和黑猫公主，一雌一雄，其饮食起居以及医药卫生之所需，已经使我们两个忙得团团转，如果善门大开，寒家之内势将喧宾夺主。箐清听了没说什么，拿一钵鱼一盂水送到门口外，就像是在路边给过往行人“奉茶”的那个样子。

如是者数日，野猫每日准时到达门口领食，更难得的是施主每日准时放置饮食于固定之处待领。有时吆喝一声，它不知从哪里蹿了出来，欣然领受这份嗟来之食。

有好几天不见猫来。心想不妙，必是遭遇了什么意外。果然，它再度出现时，尾巴中间一截血淋淋的毛皮尽脱，露出一段细细的似断未断的骨头。它有气无力的叫。我猜想也许是被哪一家的弹簧门夹住了尾巴。菁清说一定是狗咬的。本来尾巴没有用，老早就该进化淘汰掉的，留着总是要惹麻烦。菁清说：“以后教它上楼到我们房门口来吃吧。”我看着它的血丝糊拉的尾巴，也只好点点头。从此这只猫更上一层楼，到了我们的房门口。不过我有话在先，我在这里画最后一道线，不能再越雷池一步，登堂入室是绝不可以的。菁清说：“这只猫，总得有个名字，就叫它‘小花子’吧。”怜其境遇如乞食的小叫花子，同时它又是一身黑白花。

小花子到房门口，身分好像升了一级。尾巴的伤养好了，猫有九条命，些许皮肉之伤算不了什么。菁清给它梳洗了一番，立刻容光焕发。看它直咳嗽，又喂了它几颗保济丸。它好想走进我们的房间，有时候伸一只爪子隔在门缝里，不让我们关门，我心里好惭愧，为什么这样自私，不肯再多给它一点温暖！菁清拿出一条棉絮放在门外，小花子吃饱之后，照例洗洗脸，便蜷着身子在棉絮上面睡了。小花子仅仅免于冻馁而已。它晚间来到门口膳宿，白天就不知道云游何处了。

白猫王子听得门外有同类的呼声，起初是兴奋，观察许久，发出呼噜的吼声，小花子吓得倒退。对于这不速之客，白猫王子好像不表欢迎。一门之隔，幸与不幸，判如霄壤。一个是食鲜眠锦，一个是踵门乞食。世间没有平等可言！

蚊子与苍蝇

我家里人口众多。除了我和我的太太，还有一个娘姨以外，有几千百头的苍蝇，有几千百头的蚊子。苍蝇、蚊子和我们很亲近，苍蝇和我们亲近的时候在早晨，蚊子和我们亲近的时候在夜里。所以我们可以很从容地和他们周旋。一缕阳光从窗子射到我的太太的脸上，随后就有一只苍蝇不远千里而来，绕床三匝，不晓得在何处栖止才好，我蜷卧床头，静以待变。只见这只苍蝇飞去飞来，嗡嗡有声，不偏不倚地正落在我的太太的鼻尖上。太太的上嘴唇翕动了一下，我揣测她的意思，大概是表示她的鼻尖是有感觉的。那只苍蝇也有本领，真禁得起震动，抖抖翅膀，仍然高踞在鼻尖上。假使苍蝇能老老实实在鼻尖上占一席地，我的太太夙来是很有度量的，未曾不可以和他相安无事。无奈那只苍蝇，动手动脚地东搔西挠。太太着实不耐烦，只能伸出手来，加以驱除。太太的鼻尖，像有吸力一般，苍蝇飞起来绕了几个圈子，仍然归到原处。如是者数次。假使苍蝇肯换一个地方，太太或者也可以相当地容忍。她忍不住了，把头钻到被里去。苍蝇甚觉没趣，搭讪着又来和我亲近。

物以类聚，一点也不错。苍蝇的合群心恐怕要在我们中国人以上。记得小时候唱过一个《苍蝇歌》，内中的警句是："一个苍蝇嘤嘤嘤，两个苍蝇嗡嗡嗡，一群苍蝇轰轰轰！"苍蝇的音乐，的确是由清悠以渐至于雄壮。当其嘤嘤的时候，我便从梦中醒来，侧耳而听，等到嗡嗡的时候，我便翻过身去，想在较远的地方去听，到了轰轰的时候，我便兴奋得由床上跳起来了，音乐感人之深，不亦伟哉！

过了一天非人的生活了，到了夜晚想做一件人做的事，睡觉。但是，不忙睡，宝贝的蚊子来了。蚊子由来访以至于兴辞，双方的工作不外下列几种：（一）蚊子奏细乐；（二）我挥手致敬；（三）乐止；（四）休息片刻；（五）是我不当心，皮肤碰了蚊子的嘴，奇痛；（六）蚊子奏乐；（七）我挥手送客；（八）我痒；（九）我抓；（十）我还痒；（十一）我还抓；（十二）出血；（十三）我睡着了。睡着以后，双方仍然工作，但稍简单一些，前四段工作一概豁免。清晨醒来，察视一夜工作的痕迹，常常发现腿部做玉蜀黍状，一粒一粒地凸起来。有时候面部略微改变一点形状，例如嘴唇加厚，鼻梁增高。有时工作过度，面部一块白一块红的，做豆沙粽子状。据脑筋灵敏的人说，若做一床帐子，则蚊子与苍蝇自然可以不做入幕之宾，有用的精神也可以不用再与蚊蝇亲近了。但我已和太太商量就绪，在下月发薪以前，无论如何，我们仍然要保持大国民的态度，对蚊蝇决不排斥。

鸟

我爱鸟。

从前我常见提笼架鸟的人，清早在街上溜达（现在这样有闲的人少了）。我感觉兴味的不是那人的悠闲，却是那鸟的苦闷。胳膊上架着的鹰，有时头上蒙着一块皮子，羽翮不整的蜷伏着不动，哪里有半点睥视昂藏的神气？笼子里的鸟更不用说，常年的关在栅栏里，饮啄倒是方便，冬天还有遮风的棉罩，十分的“优待”，但是如果想要“抟扶摇而直上”，便要撞头碰壁。鸟到了这种地步，我想它的苦闷，大概是仅次于粘在胶纸上的苍蝇，它的快乐，大概是仅优于在标本室里住着罢？

我开始欣赏鸟，是在四川。黎明时，窗外是一片鸟啭，不是吱吱喳喳的麻雀，不是呱呱噪啼的乌鸦，那一片声音是清脆的，是嘹亮的，有的一声长叫，包括着六七个音阶，有的只是一个声音，圆润而不觉其单调，有时候是独奏，有时候是合唱，简直是一派和谐的交响乐。不知有多少个春天的早晨，这样的鸟声把我从梦境唤起。等到旭日高升，市声鼎沸，鸟就沉默了，不知到哪里去了。一直等到夜晚，才又听到杜鹃叫，由远叫到近，由近叫到远，一声急似一声，竟是凄绝的哀乐。客夜闻此，说不出的酸楚！

在白昼，听不到鸟鸣，但是看得见鸟的形体。世界上的生物，没有比鸟更俊俏的。多少样不知名的小鸟，在枝头跳跃，有的曳着长长的尾巴，有的翘着尖尖的长喙，有的是胸襟上带着一块照眼的颜色，有的是飞起来的时候才闪露一下斑斓的花彩。几乎没有例外的，鸟的身躯都是玲珑饱满的，细瘦而不干瘪，丰腴而不臃肿，真是减一分则太瘦，增一分则太肥那样的纤合度，跳荡得那样轻灵，脚上像是有弹簧。看它高踞枝头，临风顾盼——好锐利的喜悦刺上我的心头。不知是什么东西惊动它了，它倏的振翅飞去，它不回顾，它不悲哀，它像虹似的一下就消逝了，它留下的是无限的迷惘。有时候稻田里伫立着一只白鹭，拳着一条腿，缩着颈子，有时候“一行白鹭上青天”，背后还衬着黛青的山色和釉绿的梯田。就是抓小鸡的鸢鹰，啾啾的叫着，在天空盘旋，也有令人喜悦的一种雄姿。

我爱鸟的声音、鸟的形体，这爱好是很单纯的，我对鸟并不存任何幻想。有人初闻杜鹃，兴奋的一夜不能睡，一时想到“杜宇”“望帝”，一时又想到啼血，想到客愁，觉得有无限诗意。我曾告诉他事实上全不是这样的。杜鹃原是很健壮的一种鸟，比一般的鸟魁梧得多，扁嘴大口，并不特别美，而且自己不知构巢，依仗体壮力大，硬把卵下在别个的巢里，如果巢里已有了够多的卵，便不客气的给挤落下去，孵育的责任由别个代负了，孵出来之后，羽毛渐丰，就可把巢据为已有。那人听了我的话之后，对于这豪横无情的鸟，再也不能幻出什么诗意出来了。我想济慈的《夜莺》、雪莱的《云雀》，还不都是诗人自我的幻想，与鸟何干？

鸟并不永久的给人喜悦，有时也给人悲苦。诗人哈代在一首诗里说，他在圣诞的前夕，炉里燃着熊熊的火，满室生春，桌上摆着丰盛的筵席，准备着过一个普天同庆的夜晚，蓦然看见在窗外一片美丽的雪景当中，有一只小鸟跄蹴缩缩的在寒枝的梢头踞立，正在啄食一颗残余的僵冻的果儿，禁不住那料峭的寒风，栽倒在地上死了，滚成一个雪团！诗人感谓曰："鸟！你连这一个快乐的夜晚都不给我！"我也有过一次类似经验，在东北的一间双重玻璃窗的屋里，忽然看见枝头有一只麻雀，战栗的跳动抖擞着，在啄食一块干枯的叶子。但是我发见那麻雀的羽毛特别的长，而且是蓬松戟张着的：像是披着一件蓑衣，立刻使人联想到那垃圾堆上的大群褴褛而臃肿的人，那形容是一模一样的。那孤苦伶仃的麻雀，也就不暇令人哀了。

自从离开四川以后，不再容易看见那样多型类的鸟的跳荡，也不再容易听到那样悦耳的鸟鸣。只是清早遇到烟突冒烟的时候，一群麻雀挤在檐下的烟突旁边取暖，隔着窗纸有时还能看见伏在窗棂上的雀儿的映影。喜鹊不知逃到哪里去了。带哨子的鸽子也很少看见在天空打旋。黄昏时偶尔还听见寒鸦在古木上鼓噪，入夜也还能听见那像哭又像笑的鸱枭的怪叫。再令人触目的就是那些偶然一见的囚在笼里的小鸟儿了，但是我不忍看。

白猫王子七岁

白猫王子大概是已到中年。人到中年发福，脖梗子后面往往隆起几条肉，形成几道沟，尤其是那些饱食终日的高官巨贾。白猫的脖子上也隐隐然有了两三道肉沟的痕迹。他腹上的长毛脱落了，原以为是季节性的，秋后会复生，谁知道寒来暑往又过了一年，腹上仍是光秃秃的，只有一层茸毛。他的眉头深锁，上面有直竖的皱纹三数条，抹也抹不平，难道是有什么心事不成？

他比从前懒了。从前一根绳子，一个线团，可以逗他狼奔豕突，可以引他鼠步蛇行，可以诱他翻筋斗竖蜻蜓，玩好大半天，直到他疲劳而后止。抛一个乒乓球给他，他会抱着球翻滚，他会和你对打一阵，非球滚到沙发底下去不肯罢休。菁清还喜欢和他玩捕风捉影的游戏，她拿起一个衣架之类的东西，在灯光下摇晃，墙上便显出一个活动的影子，这时候白猫便窜向墙边，跳起好几尺高，去捕捉那个影子。

如今情况不同了。绳子线团不复引起他的兴趣。乒乓球还是喜欢，但是要他跑几步路去捡球，他就觉得犯不着，必须把球送到他的跟前，他才肯举爪一击，就好像打高尔夫的大人先生们之必须携带球童或是乘坐小型机车才肯于一切安排妥帖之后挥棒一击。捕风捉影的事他不再屑为。《山海经》：“夸父不量力，欲追日影。”白猫未必比夸父聪明，其实是他懒。

哪有猫儿不爱腥的？锅里的鱼刚煮熟，揭开锅盖，鱼香四溢，白猫会从楼上直奔而来，但是他蹲在一旁，并不流涎三尺，也不凑上前来做出迫不及待的样子。他静静的等着我摘刺去骨，一汤一鱼，不冷不热，送到他的嘴边，然后他慢条斯理的进餐。他有吃相，他从盘中近处吃起，徐徐蚕食，他不挑挑拣拣。他吃完鱼，喝汤；喝完汤，洗脸；洗完脸，倒头大睡。他只要吃鱼，沙丁鱼、鲑鱼，天天吃也不腻。有时候胃口不好也流露一些“日食万钱无下箸处”的神情，闻一闻就望望然去之，这时候对付他的方法就是饿他一天。菁清不忍，往往给他开个罐头番茄汁鲣鱼之类，让他换换口味。

白猫王子不是可以呼之即来，挥之即去的。他高兴的时候偎在人的身边卧着，接受人的抚摩，他不高兴的时候任你千呼万唤他也相应不理。你把他抱过来，他也会纵身而去。菁清说他骄傲，我想至少是倔强。猫的性格，各有不同。有人说猫性狡诈，我没有发现白猫有这样的短处。唐朝武后朝中有一个权臣小人李义府（《唐书》列传第三十二），“貌状温柔，与人语必嬉怡微笑，而褊忌阴贼。既处权要，欲人附己，微忤意者，辄加倾陷。故时人言义府笑中有刀。又以其柔而害物，亦谓之李猫。”李猫这个绰号似乎不洽。白猫王子柔则有之，但丝毫没有害物的意思。他根本不笑，自然不会笑中有刀，他的掌中藏着利爪，那是他自卫的武器。他时常伸出利爪在沙发上抓挠，把沙发抓得稀烂，我们应该在沙发上钉一块皮子什么的，让他抓。

猫愿有固定的酣睡静卧的所在，有时候他喜欢居高临下的地方，能爬多高就爬多高；有时候又喜欢窝藏在什么旮旯儿里，令人找都找不到。他喜欢孤独，能不打扰他最好不要打扰他，让他享受那份孤独。有时候他又好像不甘寂寞，我正在伏案爬格，他会飕的一下子窜上书桌，不偏不倚的趴在我的稿纸上，我只好暂停工作。我随后想到两全的办法，在书桌上给他设备一份铺垫，他居然了解我的用意。从此我可以一面拍抚着他，一面写我的稿。我知道，他不是有意来陪伴我，他是要我陪伴他。有时候我一站起身，走到书架去取书，他立刻就从桌上跳下占据我的座椅，安然睡去。他可以在我椅上睡六七个小时，我由他高卧。

猫最需要的伴侣是猫。黑猫公主的性格很泼辣刁钻，所以一向不是关在楼上寝室便是关在笼子里，黑白隔离。后来渐渐弛禁，两个猫也可以放在一起了，追逐翻滚一阵之后也能并排而卧相安无事。小花进门之后，我们怕他和白猫不能兼容，也隔离了很久，现在这两只猫也能在一起共存，不争座位，不抢饭碗。

三月三十日是白猫王子七岁的生日，菁清给他预备了一份礼物——市场买菜用的车子，打算在天气晴朗惠风和畅的时候把他放在车里推着他在街上走走。这样，他总算是于“食有鱼”之外还“出有车”了。

小花

小花子本是野猫，经菁清留养在房门口外，起先是供给一点食物一点水，后来给他一只大纸箱作为他的窝，放在楼梯拐角处，终乃给他买了一只孩子用的鹅绒被袋作为铺垫，而且给他设了一个沙盆逐日换除洒扫。从此小花子就在我们门前定居，不再到处晃荡，活像《鸿鸾禧》里的叫花子，喝完豆汁儿之后甩甩袖子连呼："我是不走的了啊，我是不走的了啊！"

彼此相安，没有多久。

有一天我回家看见菁清抱着小花子在房间里踱来踱去，我惊问："他怎么登堂入室了？"我们本来约定不许他越雷池一步的。

"外面风大，冷，你不是说过猫怕冷吗？"

我是说过，猫是怕冷。结果让他在室内暖和了一阵，仍然送到户外。看着他在寒风里缩成一团偎在纸箱里，我心里也有些不忍。

再过些时，有一天小花子不见了，整天都没回来就食，不知他云游何处去了。一天两天过去，杳无消息。他虽是野猫，我们对他不只有一饭之恩，当然甚是牵挂。每天打开门看看，猫去箱空，辄为黯然。

忽然有一天他回来了。浑身泥污，而且沾有血迹。他的嘴里挂着血淋淋的一块肉似的东西，像是碎裂的牙肉。菁清赶快把他抱起，洗刷一下，在身上有血迹处涂了紫药水，发现他的两颗虎牙没有了，满嘴是血。我们不知他遭遇了什么灾难，落得如此狼狈。菁清取出一个竹笼，把他装了进去，骑车直奔国际猫狗专科病院辜仲良（泰堂）先生处。辜大夫说，他的牙被人敲断了，大量出血，被人塞进几团药棉花，他在身上乱舔所以到处有血迹。于是给他打针防破伤风，注射消炎剂，清洗口腔，取出药棉花，涂药。菁清抱他回来，说："看他这个样子，今天不要教他在门外睡了吧。"我还有什么话说。于是小花子进了家门，睡在属于黑猫公主的笼子里。黑猫公主关在楼上寝室里。三猫隔离，各不相扰。这是临时处置，我心想过一两天还是要放小花子到门外去的。

但是没想到第二天菁清又有了新发现，她告我说，在她掰开猫嘴涂药时发觉猫的舌头短了一大截，舌尖不见了。大概是牙被敲断时，被人顺手把舌头也剪断了。菁清要我看，我不敢看。我不知道他犯了什么大过，受此酷刑。我这才明白为什么每次喂他吃鱼总是吃得盘里盘外狼藉不堪，原来他既无门牙又缺半截舌头。世界上是有厌猫的人。据说，拿破仑就厌恶猫，"在某次战役中，有个侍从走过拿破仑的卧房时，突然听到这位法国皇帝在呼救。他打开房门一看，拿破仑的衣服才穿到一半，满头大汗，用剑猛刺绣帷，原来他是在追杀一只小猫。”美国的艾森豪总统也恨猫，“在盖次堡家中的电视机旁，备有一支鸟枪打击乌鸦。此外他还下令，周遭若出现任何猫，格杀勿论。”英文里有一个专门名词，称厌恶猫者为ailurophobe。我想我们的小花子一定是在外游荡时遇到了一位厌猫者，敲掉门牙剪断舌头还算是便宜了他。

菁清说，这猫太可怜，并且历数他的本质不恶，天性很乖，体态轻盈，毛又细软，但是她就没有明白表示要长期收养他的意思。我也没有明白表示我要改变不许他进门的初衷。事实逐步演变他已成了我们家庭的一员。菁清奉献刷毛挖耳剪指甲全套服务，还不时的把他抱在怀里亲了又亲。我每星期上市买鱼也由七斤变为十斤。煮鱼摘刺喂食的时候，也由准备两盘改为三盘。

“米已熟了，只欠一筛。”最后菁清画龙点睛似的提出了一个话题。“这猫已不像是一只野猫了，似不可再把他当作街头浪子，也不再是小叫花子，我们把‘小花子’的名字里的‘子’字取消，就叫他‘小花’吧。”

我说“好吧”。从此名正言顺，小花子成了小花。我担心的是以后是否还有二花三花闻风而至。

骆驼

台北没有什么好去处。我从前常喜欢到动物园走动走动，其中两个地方对我有诱惑。一个是一家茶馆，有高屋建瓴之势，凭窗远眺，一片油绿的田畴，小川蜿蜒其间，颇可使人目旷神怡。另一值得看的便是那一双骆驼了。

有人喜欢看猴子，看那些乖巧伶俐的动物，略具人形，而生活究竟简陋，于是令人不由得生出优越之感，掏一把花生米掷进去。有人喜欢看狮子跳火圈，狗做算学，老虎翻筋头，觉得有趣。我之看骆驼则是另外一种心情，骆驼扮演的是悲剧的角色。它的槛外是冷冷清清的，没有游人围绕，所谓槛也只是一根杉木横着拦在门口。地上是烂糟糟的泥。它卧在那里，老远一看，真像是大块的毛姜，逼近一看，真可吓人！一块块的毛都在脱落，斑驳的皮肤上隐隐的露着血迹。嘴张着，下巴垂着，有上气无下气的在喘。水汪汪的两只大眼睛好像是眼泪扑簌的盼望着能见亲族一面似的。腰间的肋骨历历可数，颈子又细又长，尾巴像是一条破扫帚。骆峰只剩下了干皮，像是一只麻袋搭在背上。骆驼为什么落到这悲惨地步呢？难道“沙漠之舟”的雄姿即不过如是吗？

我心目中的骆驼不这样的。儿时在家乡，一听见大铜铃叮叮当当就知道送煤的骆驼来了，愧无管宁的修养，往往夺门出视。一根细绳穿系着好几只骆驼，有时是十只八只的，一顺的立在路边。满脸煤污的煤商一声吆喝，骆驼便乖乖的跪下来给人卸货，嘴角往往流着白沫，口里不住的嚼——反刍。有时还跟着一只小骆驼，几乎用跑步在后面追随着。面对着这样庞大而温驯的驮兽，我们不能不惊异的欣赏。

是亚热带的气候不适于骆驼居住（非洲北部的国家有骆驼兵团，在沙漠中驰骋，以骁勇善战著名，不过那骆驼是单峰骆驼，不是我们所说的双峰骆驼），动物园的那一双骆驼不久就不见了，标本室也没有空间容纳它们。我从此也不大常去动物园了。我尝想：公文书里罢黜一个人的时候常用“人地不宜”四字，总算是一个比较体面的下台的借口。这骆驼之黯然消逝，也许就是类似“人地不宜”之故罢？生长在北方大地之上的巨兽，如何能局促在这样的小小圈子里，如何能耐得住这炎热南方的郁蒸？它们当然要憔悴，要悒悒，要委顿以死。我想它们看着身上的毛一块块的脱落，真的要变成为“有板无毛”的状态，蕉风椰雨，晨夕对泣，心里多么凄凉！真不知是什么人恶作剧，把它们运到此间，使得它们尝受这一段酸辛，使得我们也兴起“人何以堪”的感叹！

其实，骆驼不仅是在这炎蒸之地难以生存，就是在北方大陆其命运也是在日趋于衰微。在运输事业机械化的时代，谁还肯牵着一串串的骆驼招摇过市？沙漠地带该是骆驼的用武之地了，但现在沙漠里听说也有了现代的交通工具。骆驼是驯兽，自己不复能在野外繁殖谋生。等到为人类服务的机会完全消失的时候，我不知道它将如何繁衍下去。最悲惨的是，大家都讥笑它是兽类中最愚蠢的当中的一个：因为它只会消极的忍耐。给它背上驮五百磅的重载，它会跪下来承受。它肯食用大多数哺乳动物所拒绝食用的荆棘苦草，它肯饮用带盐味的脏水。它奔走三天三夜可以不喝水，并不是因为它的肚子里储藏着水，是因为它在体内由于脂肪氧化而制造出水。它的驼峰据说是美味，我虽未尝过，可是想想熊掌的味道，大概也不过尔尔。像这样的动物若是从地面上消逝，可能不至于引起多少人的惋惜。尤其是在如今这个世界，大家所喜欢豢养的乃是善伺人意的哈巴狗，像骆驼这样的“任重而道远”的家伙，恐怕只好由它一声不响的从这世界舞台上退下去罢！

狗

我初到重庆，住在一间湫隘的小室里，窗外还有三两棵肥硕的芭蕉，屋里益发显得阴森森的。每逢夜雨，凄惨欲绝。但凄凉中毕竟有些诗意。旅中得此，尚复何求？我所最感苦恼的乃是房门外的那一只狗。

我的房门外是一间穿堂，亦即房东一家老小用膳之地，餐桌底下永远卧着一条脑满肠肥的大狗。主人从来没有扫过地，每餐的残羹剩饭，骨屑稀粥，以及小儿便溺，全都在地上星罗棋布着，由那只大狗来舐得一干二净。如果有生人走进，狗便不免有所误会，以为是要和它争食，于是声色俱厉的猛扑过去。在这一家里，狗完全担负了“洒扫应对”的责任。

“君子有三畏”，犬其一也。我知道性命并无危险，但是每次出来进去总要经过他的防次，言语不通，思想亦异，每次都要引起摩擦，酿成冲突，日久之后真觉厌烦之至。其间曾经谋求种种对策，一度投以饵饼，期收绥靖之效，不料饵饼尚未啖完，乘我返身开锁之际，无警告的向我的腿部偷袭过来；又一度改取“进攻乃最好之防御”的方法，转取主动，见头打头，见尾打尾，虽无挫衄，然积小胜终不能成大胜，且转战之余，血脉偾张，亦大失体统。因此外出即怵回家，回到房里又不敢多饮茶。不过使我最难堪的还不是狗，而是它的主人的态度。

狗从桌底下向我扑过来的时候，如果主人在场，我心里是存着一种奢望的：我觉得狗虽然也是高等动物，脊椎动物哺乳类，然而，究竟，至少在外形上，主人和我是属于较近似的一类，我希望他给我一些援助或同情。但是我错了，主客异势，亲疏有别，主人和狗站在同一立场。我并不是说主人也帮着狗狺狺然来对付我，他们尚不至于这样的合群。我是说主人对我并不解救，看着我的狼狈而哄然噱笑，泛起一种得意之色，面带着笑容对狗嗔骂几声：“小花！你昏了？连×先生你都不认识了！”骂的是狗，用的是让我所能听懂的语言。那弦外之音是：“我已尽了管束之责了，你如果被狗吃掉莫要怪我。”然后他就像是在罗马剧场里看基督徒被猛兽扑食似的作壁上观。俗语说：“打狗看主人”，我觉得不看主人还好，看了主人我倒要狠狠地再打狗几棍。

后来我疏散下乡，遂脱离了这恶犬之家。听说继续住那间房的是一位军人，他也遭遇了狗的同样的待遇，也遭遇了狗的主人的同样的待遇，但是他比我有办法，他拔出枪来把狗当场格毙了。我于称快之余，想起那位主人的悲怆，又不能不付予同情了。特别是，残茶剩饭丢在地下无人舐，主人势必躬亲洒扫，其凄凉是可想而知的。

在乡下不是没有犬厄。没有背景的野犬是容易应付的，除了菜花黄时的疯犬不计外，普通的野犬都是些不修边幅的夹尾巴的可怜的东西，就是汪汪的叫起来也是有气无力的，不像人家豢养的狗那样振振有词自成系统。有些人家在门口挂着牌示“内有恶犬”，我觉得这比门里埋伏恶犬的人家要忠厚得多。我遇见过埋伏，往往猝不及防，惊惶大呼。主人闻声搴帘而出，嫣然而笑，肃客入座，从容相告狗在最近咬伤了多少人。这是一种有效的安慰，因为我之未及于难是比较可庆幸的事了。但是我终不明白，他为什么不索兴养一只虎？来一个吃一个，来两个吃一双，岂不是更为体面么？

这道理我终于明白了。雅舍无围墙，而盗风炽，于是添置了一只狗。一日邮差贸贸然来，狗大声咆哮，邮差且战且走，蹒跚而逸，主人拊掌大笑。我顿有所悟。别人的狼狈永远是一件可笑的事，被狗所困的人是和踏在香蕉皮上面跌跤的人同样的可笑。养狗的目的就要它咬人，至少作吃人状。这就是等于养鸡是为要它生蛋一样，假如一只狗像一只猫一样，整天晒太阳睡觉，客人来便咪咪叫两声，然后逡巡而去，我想不但主人惭愧，客人也要惊讶。所以狗咬客人，在主人方面认为狗是克尽厥职，表面上尽管对客抱歉，内心里是有一种愉快，觉得我的这只狗并非挂名差事，它守在岗位上发挥了作用，所以对狗一面诃责，一面也还要嘉勉。因此脸上才泛出那一层得意之色。还有衣裳楚楚的人，狗是不大咬的，这在主人也不能不有“先获我心”之感。所可遗憾者，有些主人并不以衣裳取人，亦并不以衣裳废人，而这种道理无法通知门上，有时不免要慢待嘉宾。不过就大体论，狗的眼力总是和它的主人差不了多少。所以，有这样多的人家都养狗。

故人旧事

我离开先生已将近五十年了，
未曾与先生一通音讯，
不知他云游何处，
听说他已早归道山了。
同学们偶尔还谈起“徐老虎”，
我于回忆他的音容之余，
不禁还怀着怅惘敬慕之意。

放风筝

偶见街上小儿放风筝，拖着一根棉线满街跑，嬉戏为欢，状乃至乐。那所谓风筝，不过是竹篾架上糊一点纸，一尺见方，顶多底下缀着一些纸穗，其结果往往是绕挂在街旁的电线上。

常因此想起我小时候在北平放风筝的情形。我对放风筝有特殊的癖好，从孩提时起直到三四十岁，遇有机会从没有放弃过这一有趣的游戏。在北平，放风筝有一定的季节，大约总是在新年过后开春的时候为宜。这时节，风劲而稳。严冬时风很大，过于凶猛，春季过后则风又嫌微弱了。开春的时候，蔚蓝的天，风不断的吹，最好放风筝。

北平的风筝最考究。这是因为北平有闲阶级的人多，如八旗子弟，凡属耳目声色之娱的事物都特别发展。我家住在东城，东四南大街，在内务部街与史家胡同之间有一个二郎庙，庙旁边有一爿风筝铺，铺主姓于，人称“风筝于”。他做的风筝在城里颇有小名。我家离他近，买风筝特别方便。他做的风筝，种类繁多，如肥沙雁、瘦沙雁、龙井鱼、蝴蝶、蜻蜓、鲇鱼、灯笼、白菜、蜈蚣、美人儿、八卦、蛤蟆以及其他形形色色的。鱼的眼睛是活动的，放起来滴溜溜的转，尾巴拖得很长，临风波动。蝴蝶蜻蜓的翅膀也有软的，波动起来也很好看。风筝的架子是竹制的，上面绷起高丽纸面，讲究的要用绢绸，绘制很是精致，彩色缤纷。风筝于的出品，最精彩是“提线”拴得角度准确，放起来不“折筋斗”，平平稳稳。风筝小者三尺，大者一丈以上，通常在家里玩玩有三尺到六尺就很够。新年厂甸开放，风筝摊贩也很多，品质也还可以。

放风筝的线，小风筝用棉线即可，三尺以上就要用棉线数绺捻成的“小线”，小线也有粗细之分，视需要而定。考究的要用“老弦”：取其坚牢，而且分量较轻，放起来可以扭成直线，不似小线之动辄出一圆兜。线通常绕在竹制的可旋转的“线桄子”上。讲究的是硬木制的线桄子，旋转起来特别灵活迅速。用食指打一下，桄子即转十几转，自然的把线绕上去了。

有人放风筝，尤其是较大的风筝，常到城根或其他空旷的地方去，因为那里风大，一抖就起来了。尤其是那一种特制的巨型风筝，名为“拍子”，长方形的，方方正正没有一点花样，最大的没有超过九尺。北平的住宅都有个院子，放风筝时先测定风向，要有人带起一根大竹竿，竿顶置有铁叉头或铜叉头（即挂画所用的那种叉子），把风筝挑起，高高举起到房檐之上，等着风一来，一抖，风筝就飞上天去，竹竿就可以撤了，有时候风不够大，举竹竿的人还要爬上房去踞坐在房脊上面。有时候，费了不少手脚，而风姨不至，只好废然作罢。不过这种扫兴的机会并不太多。

风筝和飞机一样，在起飞的时候和着陆的时候最易失事。电线和树都是最碍事的，须善为躲避。风筝一上天，就没有事，有时候进入罡风境界，则不需用手牵着，大可以把线拴在屋柱上面，自己进屋休息，甚至拴一夜，明天再去收回。春寒料峭，在院子里久了会冻得涕泗交流，线弦有时也会把手指勒得青疼，甚至出血，是需要到屋里去休息取暖的。

风筝之“筝”字，原是一种乐器，似瑟而十三弦。所以顾名思义，风筝也是要有声响的，《询刍录》云：“五代李邺于宫中作纸鸢，引线乘风为戏，后于鸢首，以竹为笛，使风入竹，声如筝鸣。”这记载是对的。不过我们在北平所放的风筝，倒不是“以竹为笛”，带响的风筝是两种，一种是带锣鼓的，一种是带弦弓的，二者兼备的当然也不是没有。所谓锣鼓，即是利用风车的原理捶打纸制的小鼓，清脆可听。弦弓的声音比较更为悦耳。有诗为证：

夜静弦声响碧空，官商信任往来风。

依稀似曲才堪听，又被移将别调中。

——[唐] 高骈《风筝》

我以为放风筝是一件颇有情趣的事。人生在世上，局促在一个小圈圈里，大概没有不想偶然远走高飞一下的。出门旅行，游山逛水，是一个办法。然亦不可常得。放风筝时，手牵着一根线，看风筝冉冉上升，然后停在高空，这时节仿佛自己也跟着风筝飞起了，俯瞰尘寰，怡然自得。我想这也许是自己想飞而不可得，一种变相的自我满足吧。春天的午后，看着天空飘着别人家放起的风筝，虽然也觉得很好玩，究不若自己手里牵着线的较为亲切，那风筝就好像是载着自己的一片心情上了天。真是的，在把风筝收回来的时候，心里泛起一种异样的感觉，好像是游罢归来，虽然不是扫兴，至少也是尽兴之后的那种疲惫状态，懒洋洋的，无话可说，从天上又回到了人间，从天上翱翔又回到匍匐地上。

放风筝还可以“送幡”（俗呼为“送饭儿”）。用铁丝圈套在风筝线上，圈上附一长纸条，在放线的时候铁丝圈和长纸条便被风吹着慢慢的滑上天去，纸幡在天空飞荡，直到抵达风筝脚下为止。在夜间还可以把一盏一盏的小红灯笼送上去，黑暗中不见风筝，只见红灯朵朵在天上游来游去。

放风筝有时也需要一点点技巧。最重要的是在放线松弛之间要控制得宜。风太劲，风筝陡然向高处跃起，左右摇晃，把线拉得绷紧，这时节一不小心风筝便会倒栽下去。栽下去不要慌，赶快把线一松，它立刻又会浮起，有时候风筝已落到视线所不能及的地方，依然可以把它挽救起来，凡事不宜操之过急，放松一步，往往可以化险为夷，放风筝亦一例也。技术差的人，看见风筝要栽筋斗，便急忙往回收，适足以加强其危险性，以至于不可收拾。风筝落在树梢上也不要紧，这时节也要把线放松，乘风势轻轻一扯便会升起，性急的人用力拉，便愈纠缠不清，直到把风筝扯碎为止。在风力弱的时候，风筝自然要下降，线成兜形，便要频频扯抖，尽量放线，然后再及时收回，一松一紧，风筝可以维持于不坠。

好斗是人的一种本能。放风筝时也可表现出战斗精神。发现邻近有风筝飘起，如果位置方向适宜，便可向它斗争。法子是设法把自己的风筝放在对方的线兜之下，然后猛然收线，风筝陡的直线上升，势必与对方的线兜交缠在一起，两只风筝都摇摇欲坠，双方都急于向回扯线，这时候就要看谁的线粗，谁的手快，谁的地势优了。优胜的一方面可以扯回自己的风筝，外加一只俘虏，可能还有一段线。我在一季之中，时常可以俘获四五只风筝。把俘获的风筝放起，心里特别高兴，好像是在炫耀自己的战利品，可是有时候战斗失利，自己的风筝被俘，过一两天看着自己的风筝在天空飘荡，那便又是一种滋味了。这种斗争并无伤于睦邻之道，这是一种游戏，不发生侵犯领空的问题。并且风筝也只好玩一季，没有人肯玩隔年的风筝。迷信说隔年的风筝不吉利，这也许是卖风筝的人造的谣言。

过年

我小时候并不特别喜欢过年，除夕要守岁，不过十二点不能睡觉，这对于一个习于早睡的孩子是一种煎熬。前庭后院挂满了灯笼，又是宫灯，又是纱灯，烛光辉煌，地上铺了芝麻秸儿，踩上去咯咯吱吱响，这一切当然有趣，可是寒风凛冽，吹得小脸儿通红，也就很不舒服。炕桌上呼卢喝雉，没有孩子的份。压岁钱不是白拿，要叩头如捣蒜。大厅上供着祖先的影像，长辈指点曰："这是你的曾祖父，曾祖母，高祖父，高祖母……"虽然都是岸然道貌微露慈祥，我尚不能领略慎终追远的意义。"姑娘爱花小子要炮……"我却怕那大麻雷子、二踢脚子。别人放鞭炮，我躲在屋里捂着耳朵。每人分一包杂拌儿，哼，看那桃脯、蜜枣沾上的一层灰尘，怎好往嘴里送？年夜饭照例是特别丰盛的。大年初一不动刀，大家歇工，所以年菜事实上即是大锅菜。大锅的炖肉，加上粉丝是一味，加上蘑菇又是一味；大锅的炖鸡，加上冬笋是一味，加上番薯又是一味，都放在特大号的锅、罐子、盆子里，此后随取随吃，大概历十余日不得罄，事实上是天天打扫剩菜。满缸的馒头，满缸的腌白菜，满缸的咸疙瘩，不知道什么时候才可以见底。芥末堆儿、素面筋、十香菜比较的受欢迎。除夕夜，一交子时，煮饽饽端上来了。我困得低枝倒挂，哪有胃口去吃？胡乱吃两个，倒头便睡，不知东方之既白。

初一特别起得早，梳小辫儿，换新衣裳，大棉袄加上一件新蓝布罩袍、黑马褂、灰鼠绒绿鼻脸儿的靴子。见人就得请安，口说："新禧。"日上三竿，骡子轿车已经套好，跟班的捧着拜匣，奉命到几家最亲近的人家拜年去也。如果运气好，人家"挡驾"，最好不过，递进一张帖子，掉头就走。否则一声"请"，便得升堂入室，至少要朝上磕三个头，才算礼成。这个差事我当过好几次，从心坎儿觉得窝囊。

民国前一两年，我的祖父母相继去世，由我父亲领导在家庭生活方式上作维新运动，革除了许多旧习，包括过年的仪式在内。我不再奉派出去挨门磕头拜年。我从此不再是磕头虫儿。过年不再做年菜，而向致美斋定做八道大菜及若干小菜，分装四个圆笼，除日挑到家中，自己家里也购备一些新鲜菜蔬以为辅佐。一连若干天顿顿吃煮饽饽的怪事，也不再在我家出现。我父亲说："我愿在哪一天过年就在哪一天过年，何必跟着大家起哄？"逛厂甸，我们是一定要去的，不是为了喝豆汁儿、吃煮豌豆，或是那大糖葫芦，是为了要到海王村和火神庙去买旧书。白云观我们也去过一次，一路上吃尘土，庙里面人挤人，哪里有神仙可会，我再也不作第二次想。过年时，我最难忘的娱乐之一是放风筝，风和日丽的时候，独自在院子里挑起一根长竹竿，一手获竿，一手持线桄子，看着风筝冉冉上升，御风而起，一霎时遇到罡风，稳稳的停在半天空，这时候虽然冻得涕泗横流，而我心滋乐。

民国元年初，大总统袁世凯嗾曹锟驻禄米仓部队兵变，大掠平津，那一天正是阴历正月十二，给万民欢腾的新年假期做了一个悲惨而荒谬的结束，从此每个新年我心里就有一个驱不散的阴影。大家都说恭贺新禧，我不知喜从何来。

北平年景

过年须要在家乡里才有味道。羁旅凄凉，到了年下只有长吁短叹的份儿，还能有半点欢乐的心情？而所谓家，至少要有老小二代，若是上无双亲，下无儿女，剩下伉俪一对，大眼瞪小眼，相敬如宾，还能制造什么过年的气氛？北平远在天边，徒萦梦想，童时过年风景，尚可回忆一二。

祭灶过后，年关在迩。家家忙着把锡香炉、锡蜡签、锡果盘、锡茶托，从蛛网尘封的箱子里取出来，做一年一度的大擦洗。宫灯、纱灯、牛角灯，一齐出笼。年货也是要及早备办的，这包括厨房里用的干货，拜神祭祖用的苹果、干果等，屋里供养的牡丹、水仙，孩子们吃的粗细杂拌儿。蜜供是早就在白云观订制好了的，到时候用纸糊的大筐篓一碗一碗装着送上门来。家中大小，出出进进，如中风魔。主妇当然更有额外负担，要给大家制备新衣、新鞋、新袜、大衫，尽管是布鞋、布袜、布大衫，总要上下一新。

祭祖先是过年的高潮之一。祖先的影像悬挂在厅堂之上，都是七老八十的，有的撇嘴微笑，有的金刚怒目，在香烟缭绕之中，享用蒸烟，这时节孝子贤孙磕头如捣蒜，其实亦不知所为何来，慎终追远的意思不能说没有，不过大家忙的是上供、拈香、点烛、磕头，紧接着是撤供，围桌吃年夜饭，来不及慎终追远。

吃是过年的主要节目。年菜是标准化了的，家家一律。人口旺的人家要进全猪，连下水带猪头，分别处理下咽。一锅炖肉，加上蘑菇是一碗，加上粉丝又是一碗，加上山药又是一碗，大盆的芥末墩儿、鱼冻儿、肉皮辣酱，成缸的大腌白菜、芥菜疙瘩，——管够。初一不动刀，初五以前不开市，年菜非囤集不可，结果是年菜等于剩菜，吃倒了胃口而后已。

“好吃不过饺子，舒服不过倒着”，这是乡下人说的话，北平人称饺子为“煮饽饽”，城里人也把煮饽饽当作好东西，除了除夕消夜不可少的一顿之外，从初一至少到初三，顿顿煮饽饽，直把人吃得头昏脑涨。这种疲劳填充的方法颇有道理，可以使你长期的不敢再对煮饽饽妄动食指，直等到你淡忘之后明年再说。除夕消夜的那一顿，还有考究，其中一只要放一块银币，谁吃到那一只主交好运。家里有老祖母的，年年是她老人家幸运的一口咬到，谁都知道其中做了手脚，谁都心里有数。

孩子们须要循规蹈矩，否则便成了野孩子，惟有到了过年时节可以沐恩解禁，任意的做孩子状。除夕之夜，院里撒满了芝麻秸儿，孩子们践踏得咯吱咯吱响，是为“踩岁”。闹得精疲力竭，睡前给大人请安，是为“辞岁”。大人摸出点什么作为赏赉，是为“压岁”。

新正是一年复始，不准说丧气话，见面要道一声“新禧”。房梁上有“对我生财”的横批，柱子上有“一入新春万事如意”的直条，天棚上有“紫气东来”的斗方，大门上有“国恩家庆人寿年丰”的对联。墙上本来不大干净的，还可贴上几张年画，什么“招财进宝”“肥猪拱门”，都可以收补壁之效。自己心中想要获得的，写出来画出来贴在墙上，俯仰之间仿佛如意算盘业已实现了！

好好的人家没有赌博的。打麻将应该到八大胡同去，在那里有上好的骨牌，硬木的牌桌，还有佳丽环列。但是过年则几乎家家开赌，推牌九、状元红、呼幺喝六、老少咸宜。赌禁的开放可以延长到元宵，这是唯一的家庭娱乐。孩子们玩花炮是没有腻的。九隆斋的大花盒，七层的九层的，花样翻新，直把孩子看得瞪眼咂舌。“冲天炮”“二踢脚”“太平花”“飞天七响”“炮打襄阳”，还有我们自以为值得骄傲的可与火箭媲美的“旗火”，从除夕到天亮彻夜不绝。

街上除了油盐店门上留个小窟窿外，商店都上板，里面常是锣鼓齐鸣，狂擂乱敲，无板无眼，据说是伙计们在那里发泄积攒一年的怨气。大姑娘小媳妇搽脂抹粉的全出动了，三河县的老妈儿都在头上插一朵颤巍巍的红绒花。凡是有大姑娘小媳妇出动的地方就有更多的毛头小伙子乱钻乱挤。于是厂甸挤得水泄不通，海王村里除了几个露天茶座坐着几个直流鼻涕的小孩之外并没有什么可看，但是入门处能挤死人！火神庙里的古玩玉器摊，土地祠里的书摊画棚，看热闹的多，买东西的少。赶着天晴雪霁，满街泥泞，凉风一吹，又滴水成冰，人们在冰雪中打滚，甘之如饴。“喝豆汁儿，就咸菜儿，琉璃喇叭大沙雁儿”，对于大家还是有足够的诱惑。此外如财神庙、白云观、雍和宫，都是人挤人、人看人的局面，去一趟把鼻子耳朵冻得通红。

新年狂欢拖到十五。但是我记得有一年提前结束了几天，那便是“民国元年”年，阴历的正月十二日，在普天同庆声中，中华民国第一任大总统袁世凯先生嗾使北军第三镇曹锟驻禄米仓部队哗变，掠劫平津商民两天，这开国后第一个惊人的年景使我到如今不能忘怀。

想我的母亲

父母对子女的爱，子女对父母的爱，是神圣的。我写过一些杂忆的文字，不曾写过我的父母，因为关于这个题目我不敢轻易下笔。小民女士逼我写几句话，辞不获已，谨先略述二三小事以应，然已临文不胜风木之悲。

我的母亲姓沈，杭州人。世居城内上羊市街。我在幼时曾侍母归宁，时外祖母尚在，年近八十。外祖父入学后，没有更进一步的功名，但是课子女读书甚严。我的母亲教导我们读书启蒙，尝说起她小时苦读的情形。她同我的两位舅父一起冬夜读书，冷得腿脚僵冻，取大竹篓一，实以败絮，三个人伸足其中以取暖。我当时听得惕然心惊，遂不敢荒嬉。我的母亲来我家时年甫十八九，以后操持家务尽瘁终身，不复有暇进修。

我同胞兄弟姐妹十一人，母亲的劬育之劳可想而知。我记得我母亲常于百忙之中抽空给我们几个较小的孩子们洗澡。我怕肥皂水流到眼里，我怕痒，总是躲躲闪闪，总是咯咯的笑个不住，母亲没有工夫和我们纠缠，随手一巴掌打在身上，边洗边打边笑。

北方的冬天冷，屋里虽然有火炉，睡时被褥还是凉似铁。尤其是钻进被窝之后，脖子后面透风，冷气顺着脊背吹了进来。我们几个孩子睡一个大炕，头朝外，一排四个被窝。母亲每晚看到我们钻进了被窝，叽叽喳喳的笑语不停，便走过来把油灯吹熄，然后给我们一个个的把脖子后面的棉被塞紧，被窝立刻暖和起来，不知不觉的就睡着了。我不知道母亲用的什么手法，只知道她塞棉被带给我无可言说的温暖舒适，我至今想起来还是快乐的，可是那个感受不可复得了。

我从小不喜欢喧闹。祖父母生日照例院里搭台唱傀儡戏或滦州影戏。一过八点我便掉头而去进屋睡觉。母亲得暇便取出一个大簸箩，里面装的是针线剪尺一类的缝纫器材，她要做一下缝缝连连的工作，这时候我总是一声不响的偎在她的身旁，她赶我走我也不走，有时候竟睡着了。母亲说我乖，也说我孤僻。如今想想，一个人能有多少时间可以偎在母亲身旁？

在我的儿时记忆中，我母亲好像是没有时候睡觉。天亮就要起来，给我们梳小辫是一桩大事，一根一根的梳个没完。她自己要梳头，我记得她用一把抿子蘸着刨花水，把头发弄得锃光大亮。然后她要一听上房有动静便急忙前去当差。盖碗茶、燕窝、莲子、点心，都有人预备好了，但是需要她去双手捧着送到祖父母跟前，否则要儿媳妇做什么？在公婆面前，儿媳妇是永远站着的，没有座位的。足足的站几个钟头下来，不是缠足的女人怕也受不了！最苦的是，公婆年纪大，不过午夜不安歇，儿媳妇要跟着熬夜在一旁侍候。她困极了，有时候回到房里来不及脱衣服倒下便睡着了。虽然如此，母亲从来没有发过一句怨言。到了民元前几年，祖父母相继去世，我母亲才稍得清闲，然而主持家政教养儿女也够她劳苦的了。她抽暇隔几年返回杭州老家去度夏，有好几次都是由我随侍。

母亲爱她的家乡，在北京住了几十年，乡音不能完全改掉。我们常取笑她，例如，北京的“京”，她说成“金”，她有时也跟我们学，总是学不好，她自己也觉得好笑。我有时学着说杭州话，她说难听死了，像是门口儿卖笋尖的小贩说的话。

我想一般人都会同意，凡是自己母亲做的菜永远都是最好吃的。我的母亲平常不下厨房，但是她高兴的时候，尤其是父亲亲自到市场买回鱼鲜或其他南货的时候，在父亲特烦之下，她也欣然操起刀俎。这时候我们就有福了。我十四岁离家到清华，每星期回家一天，母亲就特别疼爱我，几乎很少例外的要亲自给我炒一盘冬笋木耳韭菜黄肉丝，起锅时浇一勺花雕酒，这是我最喜欢的一道菜。但是这一盘菜一定要母亲自己炒，别人炒味道就不一样了。

我母亲喜欢在高兴的时候喝几盅酒。冬天午后围炉的时候，她常要我们打电话到长发叫五斤花雕，绿釉瓦罐，口上罩着一张毛边纸，温热了倒在茶杯里和我们共饮。下酒的是大落花生，若是有“抓空儿的”，买些干瘪的花生吃则更有味。我和两位姊姊陪母亲一顿吃完那一罐酒。后来我在四川独居无聊，一斤花生一罐茅台当做晚饭，朋友们笑我吃“花酒”，其实是我母亲留下的作风。

我自从入了清华，以后和母亲在一起的时候就少了。抗战前后各有三年和母亲住在一起。母亲晚年喜欢听评剧，最常去的地方是吉祥，因为离家近，打个电话给卖飞票的，总有好的座位。我很后悔，我没能分出时间陪她听戏，只是由我的妹妹弟弟们陪她消遣。

我父亲曾对我说，我们的家所以成为一个家，我们几个孩子所以能成为人，全是靠了我母亲的辛劳维护。一九四九年以后，音讯中断，直等到恢复联系，才知道母亲早已弃养，享寿九十岁。西俗，母亲节佩红康乃馨，如不确知母亲是否尚在则佩红白康乃馨各一。如今我只有佩白康乃馨的份了，养生送死，两俱有亏，惨痛惨痛！

雅舍

到四川来，觉得此地人建造房屋最是经济。火烧过的砖，常常用来做柱子，孤零零的砌起四根砖柱，上面盖上一个木头架子，看上去瘦骨嶙嶙，单薄得可怜；但是顶上铺了瓦，四面编了竹篦墙，墙上敷了泥灰，远远的看过去,没有人能说不像是座房子。我现在住的“雅舍”正是这样一座典型的房子。不消说，这房子有砖柱，有竹篦墙，一切特点都应有尽有。讲到住房，我的经验不算少，什么“上支下摘”，“前廊后厦”，“一楼一底”，“三上三下”，“亭子间”，“茅草棚”“琼楼玉宇”和“摩天大厦”，各式各样，我都尝试过。我不论住在哪里，只要住得稍久，对那房子便发生感情，非不得已我还舍不得搬。这“雅舍”，我初来时仅求其能蔽风雨，并不敢存奢望，现在住了两个多月，我的好感油然而生。虽然我已渐渐感觉它是并不能蔽风雨，因为有窗而无玻璃，风来则洞若凉亭，有瓦而空隙不少，雨来则渗如滴漏。纵然不能蔽风雨，“雅舍”还是自有它的个性。有个性就可爱。

“雅舍”的位置在半山腰，下距马路约有七八十层的土阶。前面是阡陌螺旋的稻田。再远望过去是几抹葱翠的远山，旁边有高粱地，有竹林，有水池，有粪坑，后面是荒僻的榛莽未除的土山坡。若说地点荒凉，则月明之夕，或风雨之日，亦常有客到，大抵好友不嫌路远，路远乃见情谊。客来则先爬几十级的土阶，进得屋来仍须上坡，因为屋内地板乃依山势而铺，一面高，一面低，坡度甚大，客来无不惊叹，我则久而安之，每日由书房走到饭厅是上坡，饭后鼓腹而出是下坡，亦不觉有大不便处。

“雅舍”共是六间，我居其二。篦墙不固，门窗不严，故我与邻人彼此均可互通声息。邻人轰饮作乐，咿唔诗章，喁喁细语，以及鼾声、喷嚏声、吮汤声、撕纸声、脱皮鞋声，均随时由门窗户壁的隙处荡漾而来，破我岑寂。入夜则鼠子瞰灯，才一合眼，鼠子便自由行动，或搬核桃在地板上顺坡而下，或吸灯油而推翻烛台，或攀援而上帐顶，或在门框桌脚上磨牙，使得人不得安枕。但是对于鼠子，我很惭愧的承认，我“没有法子”。“没有法子”一语是被外国人常常引用着的，以为这话最足代表中国人的懒惰隐忍的态度。其实我对付鼠子并不懒惰。窗上糊纸，纸一戳就破；门户关紧，而相鼠有牙，一阵咬便是一个洞洞。试问还有什么法子？洋鬼子住到“雅舍”里，不也是“没有法子”？比鼠子更骚扰的是蚊子。“雅舍”的蚊风之盛，是我前所未见的。“聚蚊成雷”真有其事！每当黄昏时候，满屋里磕头碰脑的全是蚊子，又黑又大，骨骼都像是硬的。在别处蚊子早已肃清的时候，在“雅舍”则格外猖獗，来客偶不留心，则两腿伤处累累隆起如玉蜀黍，但是我仍安之。冬天一到，蚊子自然绝迹，明年夏天——谁知道我还是住在“雅舍”！

“雅舍”最宜月夜——地势较高，得月较先。看山头吐月，红盘乍涌，一霎间，清光四射，天空皎洁，四野无声，微闻犬吠，坐客无不悄然！舍前有两株梨树，等到月升中天，清光从树间筛洒而下，地上阴影斑斓，此时尤为幽绝。直到兴阑人散，归房就寝，月光仍然逼进窗来，助我凄凉。细雨蒙蒙之际，“雅舍”亦复有趣。推窗展望，俨然米氏章法，若云若雾，一片弥漫。但若大雨滂沱。我就又惶悚不安了，屋顶湿印到处都有，起初如碗大，俄而扩大如盆，继则滴水乃不绝，终乃屋顶灰泥突然崩裂，如奇葩初绽，砉然一声而泥水下注，此刻满室狼藉，抢救无及。此种经验，已数见不鲜。

“雅舍”之陈设，只当得简朴二字，但洒扫拂拭，不使有纤尘。我非显要，故名公巨卿之照片不得入我室；我非牙医，故无博士文凭张挂壁间；我不业理发，故丝织西湖十景以及电影明星之照片亦均不能张我四壁。我有一几一椅一榻，酣睡写读，均已有着，我亦不复他求。但是陈设虽简，我却喜欢翻新布置。西人常常讥笑妇人喜欢变更桌椅位置，以为这是妇人天性喜变之一征。诬否且不论，我是喜欢改变的。中国旧式家庭，陈设千篇一律，正厅上是一条案，前面一张八仙桌，一旁一把靠椅，两旁是两把靠椅夹一只茶几。我以为陈设宜求疏落参差之致，最忌排偶。“雅舍”所有，毫无新奇，但一物一事之安排布置俱不从俗。人入我室，即知此是我室。笠翁《闲情偶寄》之所论，正合我意。

“雅舍”非我所有，我仅是房客之一。但思“天地者万物之逆旅”，人生本来如寄，我住“雅舍”一日，“雅舍”即一日为我所有。即使此一日亦不能算是我有，至少此一日“雅舍”所能给予之苦辣酸甜，我实躬受亲尝。刘克庄词：“客里似家家似寄。”我此时此刻卜居“雅舍”，“雅舍”即似我家。其实似家似寄，我亦分辨不清。

长日无俚，写作自遣，随想随写，不拘篇章，冠以“雅舍小品”四字，以示写作所在，且志因缘。

记梁任公先生的一次演讲

梁任公先生晚年不谈政治，专心学术。大约在一九二一年左右，清华学校请他作第一次的演讲，题目是《中国韵文里表现的情感》。我很幸运地有机会听到这一篇动人的演讲。那时候的青年学子，对梁任公先生怀着无限的景仰，倒不是因为他是戊戌政变的主角，也不是因为他是云南起义的策划者，实在是因为他的学术文章对于青年确有启迪领导的作用。过去也有不少显宦，以及叱咤风云的人物，莅校讲话。但是他们没有能留下深刻的印象。

任公先生的这一篇讲演稿，后来收在《饮冰室文集》里。他的讲演是预先写好的，整整齐齐地写在宽大的宣纸制的稿纸上面。他的书法很是秀丽，用浓墨写在宣纸上，十分美观。但是读他这篇文章和听他这篇讲演，那趣味相差很多，犹之乎读剧本与看戏之迥乎不同。

我记得清清楚楚，在一个风和日丽的下午，高等科楼上大教堂里坐满了听众，随后走进了一个短小精悍秃头顶宽下巴的人物，穿着肥大的长袍，步履稳健，风神潇洒，左右顾盼，光芒四射，这就是梁任公先生。

他走上讲台，打开他的讲稿，眼光向下面一扫，然后是他的极简短的开场白，一共只有两句，头一句是："启超没有什么学问——"眼睛向上翻，轻轻点一下头："可是也有一点喽！"这样谦逊同时又这样自负的话是很难得听到的。他的广东官话是很够标准的，距离国语甚远，但是他的声音沉着而有力，有时又是洪亮而激亢，所以我们还是能听懂他的每一字。我们甚至想如果他说标准国语其效果可能反要差一些。

我记得他开头讲一首古诗《箜篌引》：

公无渡河。
公竟渡河！
渡河而死，
其奈公何！

这四句十六字，经他一朗诵，再经他一解释，活画出一出悲剧，其中有起承转合，有情节，有背景，有人物，有情感。我在听先生这篇讲演后约二十余年，偶然获得机缘在茅津渡候船渡河。但见黄沙弥漫，黄流滚滚，景象苍茫，不禁哀从中来，顿时记忆起先生讲的这首古诗。

先生博闻强记，在笔写的讲稿之外，随时引证许多作品，大部分他都能背诵得出。有时候，他背诵到酣畅处，忽然记不起下文，他便用手指敲打他的秃头，敲几下之后，记忆力便又畅通，成本大套地背诵下去了。他敲头的时候，我们屏息以待，他记起来的时候，我们也跟着他欢喜。

先生的讲演，到紧张处，便成为表演。他真是手之舞足之蹈之，有时掩面，有时顿足，有时狂笑，有时叹息。听他讲到他最喜欢的《桃花扇》，讲到“高皇帝，在九天，不管……”那一段，他悲从中来，竟痛哭流涕而不能自已。他掏出手巾拭泪，听讲的人不知有几多也泪下沾巾了！又听他讲杜氏讲到“剑外忽传收蓟北，初闻涕泪满衣裳……”先生又真是于涕泗交流之中张口大笑了。

这一篇讲演分三次讲完，每次讲过，先生大汗淋漓，状极愉快。听过这讲演的人，除了当时所受的感动之外，不少人从此对于中国文学发生了强烈的爱好。先生尝自谓“笔锋常带情感”，其实先生在言谈讲演之中所带的情感不知要更强烈多少倍！

有学问，有文采，有热心肠的学者，求之当世能有几人？于是我想起了从前的一段经历，笔而记之。

我的一位国文老师

我在十八九岁的时候，遇见一位国文先生，他给我的印象最深，使我受益也最多，我至今不能忘记他。

先生姓徐，名镜澄，我们给他上的绰号是“徐老虎”，因为他凶。他的相貌很古怪，他的脑袋的轮廓是有棱有角的，很容易成为漫画的对象。头很尖，秃秃的，亮亮的，脸形却是方方的，扁扁的，有些像《聊斋志异》绘图中的夜叉的模样。他的鼻子眼睛嘴好像是过分的集中在脸上很小的一块区域里。他戴一副墨晶眼镜，银丝小镜框，这两块黑色便成了他脸上最显著的特征。我常给他漫画，勾一个轮廓，中间点上两块椭圆形的黑块，便惟妙惟肖。他的身材高大，但是两肩总是耸得高高，鼻尖有一些红，像酒糟的，鼻孔里常常藏着两筒清水鼻涕，不时的吸溜着，说一两句话就要用力的吸溜一声，有板有眼有节奏，也有时忘了吸溜，走了板眼，上唇上便亮晶晶的吊出两根玉箸，他用手背一抹。他常穿的是一件灰布长袍，好像是在给谁穿孝，袍子在整洁的阶段时我没有赶得上看见，余生也晚，我看见那袍子的时候即已油渍斑斓。他经常是仰着头，迈着八字步，两眼望青天，嘴撇得瓢儿似的。我很难得看见他笑，如果笑起来，是狞笑，样子更凶。

我的学校是很特殊的。上午的课全是用英语讲授，下午的课全是国语讲授。上午的课很严，三日一问，五日一考，不用功便要被淘汰，下午的课稀松，成绩与毕业无关。所以每到下午上国文之类的课程，学生们便不踊跃，课堂上常是稀稀拉拉的不大上座，但教员用拿毛笔的姿势举着铅笔点名的时候，学生却个个都到了，因为一个学生不只答一声到。真到了的学生，一部分是从事午睡，微发鼾声，一部分看小说如《官场现形记》《玉梨魂》之类，一部分写“父母亲大人膝下”式的家书，一部分干脆瞪着大眼发呆，神游八表。有时候逗先生开顽笑。国文先生呢，大部分都是年高有德的，不是榜眼、就是探花，再不就是举人。他们授课也不过是奉行故事，乐得敷敷衍衍。在这种糟糕的情形之下，徐老先生之所以凶，老是绷着脸，老是开口就骂人，我想大概是由于正当防卫吧。

有一天，先生大概是多喝了两盅，摇摇摆摆的进了课堂。这一堂是作文，他老先生拿起粉笔在黑板上写了两个字，题目尚未写完，当然照例要吸溜一下鼻涕。就在这吸溜之际，一位性急的同学发问了：“这题目怎样讲呀？”老先生转过身来，冷笑两声，勃然大怒：“题目还没有写完，写完了当然还要讲，没写完你为什么就要问？……”滔滔不绝的吼叫起来，大家都为之愕然。这时候我可按捺不住了。我一向是个上午捣乱下午安分的学生，我觉得现在受了无理的侮辱，我便挺身分辩了几句。这一下我可惹了祸，老先生把他的怒火都泼在我的头上了。他在讲台上来回踱着，吸溜一下鼻涕，骂我一句，足足骂了我一个钟头，其中警句甚多，我至今还记得这样的一句：“×××！你是什么东西？我一眼把你望到底！”

这一句颇为同学们所传诵。谁和我有点争论遇到纠缠不清的时候，都会引用这一句“你是什么东西？我把你一眼望到底”！当时我看形势不妙，也就没有再多说，让下课铃结束了先生的怒骂。

但是从这一次起，徐先生算是认识我了。酒醒之后，他给我批改作文特别详尽。批改之不足，还特别的当面加以解释，我这一个“一眼望到底”的学生，居然成为一个受益最多的学生了。

徐先生自己选辑教材，有古文，有白话，油印分发给大家。《林琴南致蔡孑民书》是他讲得最为眉飞色舞的一篇。此外如吴敬恒的《上下古今谈》，梁启超的《欧游心影录》，以及张东荪的《时事新报》社论，他也选了不少。这样新旧兼收的教材，在当时还是很难得的开通的榜样。我对于国文的兴趣因此而提高了不少。徐先生讲国文之前，先要介绍作者，而且介绍得很亲切，例如他讲张东荪的文字时，便说：“张东荪这个人，我倒和他一桌上吃过饭……”这样的话是相当的可以使学生们吃惊的，吃惊的是，我们的国文先生也许不是一个平凡的人吧，否则怎样会能够和张东荪一桌上吃过饭！

徐先生于介绍作者之后，朗诵全文一遍。这一遍朗诵可很有意思。他打着江北的官腔，咬牙切齿的大声读一遍，不论是古文或白话，一字不苟的吟咏一番，好像是演员在背台词，他把文字里的蕴藏着的意义好像都给宣泄出来了。他念得有腔有调，有板有眼，有情感，有气势，有抑扬顿挫，我们听了之后，好像是已经理会到原文的意义的一半了。好文章掷地作金石声，那也许是过分夸张，但必须可以琅琅上口，那却是真的。

徐先生之最独到的地方是改作文。普通的批语“清通”“尚可”“气盛言宜”，他是不用的。他最擅长的是用大墨杠子大勾大抹，一行一行的抹，整页整页的勾；洋洋千余言的文章，经他勾抹之后，所余无几了。我初次经此打击，很灰心，很觉得气短，我掏心挖肝的好容易诌出来的句子，轻轻的被他几杠子就给抹了。但是他郑重的给我解释一会，他说：“你拿了去细细的体味，你的原文是软爬爬的，冗长，懈啦光唧的，我给你勾掉了一大半，你再读读看，原来的意思并没有失，但是笔笔都立起来了，虎虎有生气了。”我仔细一揣摩，果然。他的大墨杠子打得是地方，把虚泡囊肿的地方全削去了，剩下的全是筋骨。在这删削之间见出他的工夫。如果我以后写文章还能不多说废话，还能有一点点硬朗挺拔之气，还知道一点“割爱”的道理，就不能不归功于我这位老师的教诲。

徐先生教我许多作文的技巧。他告诉我：“作文忌用过多的虚字。”该转的地方，硬转；该接的地方，硬接。文章便显着朴拙而有力。他告诉我，文章的起笔最难，要突兀矫健，要开门见山，要一针见血，才能引人入胜，不必兜圈子，不必说套语。他又告诉我，说理说至难解难分处，来一个譬喻，则一切纠缠不清的论难都迎刃而解了，何等经济，何等手腕！诸如此类的心得，他传授我不少，我至今受用。

我离开先生已将近五十年了，未曾与先生一通音讯，不知他云游何处，听说他已早归道山了。同学们偶尔还谈起“徐老虎”，我于回忆他的音容之余，不禁还怀着怅惘敬慕之意。

生活趣味

我如今年事稍长，
好早起的习惯更不易抛弃。
醒来听见鸟啭，
一天都是快活的。

我看电视

有人问我看不看电视。

我说我看。不过我在扭接电视之前，先提醒我自己几件事。第一，电视公司不是我开的，所以我不能指挥他们播出什么样的节目。电视节目就好像是餐馆里的“定食”（唯一的一组和菜），吃不吃由你，你不能点菜。当然，有几个频道可供选择。可是内容通常都差不多，实在也没有什么选择。

第二，看电视的不只我一个人。看各处屋顶上扎煞着的一排排鱼骨天线，即可知其观众如何的广大。其中有老有少，有男有女，有君子小人，有贤愚智不肖，他们的口味自然不大相同，而电视制作必须要在他们的不同口味之中找出“公分母”，播映出来的节目要老少咸宜雅俗共赏。其结果可能是里外不讨好，有人嫌太雅，又有人嫌太俗。所以作节目的人，不但左右为难，而且上下交责，自己良心也往往忐忑不安，他们这份差事不容易当。

第三，电视是一种买卖生意。在商言商，当然要牟利。观众是买主，可是观众并未买票。天下焉有看白戏的道理？可是观众又是非要不可的，天下焉有不要观众的戏？于是电视另有生财之道，招登广告。电视广告费是以秒计的，离日进斗金的目标也许不会太远。广告商舍得花大钱登广告，又有他们的打算，利用广告心理招引观众买他们的货物。观众通常是不爱看广告的，尤其是插在节目中间的广告，不但扫兴，简直是讨厌。可是我们必须忍受，因为事实上是广告商招待我们看戏。

提醒自己上述几点之后就可以大模大样的看电视了。看电视当然也有一个架势。不远不近的有个座位，灯光要调整好，泡碗好茶，配上一些闲食零嘴。“TV餐”倒不必要，很少人为了贪看电视像英国十八世纪三文治伯爵因舍不得离开赌桌而吃三文治（TV餐不高明，远不及三文治）。美国的标准电视零食是爆玉米花或炸洋芋片。按我们中国人的口味，似乎金圣叹临刑所说“花生米与豆腐干同食大有胡桃滋味”确是不无道理。

看不多久，广告来了。你有没有香港脚，你是否患了感冒，你要不要滋补，你想不想像狼豹一般在田野飞驰？有些广告画面优美，也有些恶声恶相。广告时间就可以闭目养神，即使打个盹也没有多大损失，有时候真的呼呼大睡起来。平夙失眠的人在电视前是容易入睡。

看电视多半是为娱乐，杀时间。但是有时亦适得其反，恶心。哭哭啼啼的没完没结，动不动的就是眼泪直流，不是令人心酸，是令人反胃，更难堪的是笑剧穿插。很少喜剧演员能保持正常的人的面孔，不是狞眉皱眼，就龇牙咧嘴，再不就是佝腰缩颈，走起路来欹里歪斜，好像非如此不能引起大家的欢笑。当年文明戏盛行的时候，几乎所有丑角都犯一种毛病，无原无故的就跌一跤，或是故作口吃，观众就会觉得好玩。如今时代进步，但是喜剧方面仍然特别的有才难之叹。

我事先提醒了自己，所以我感觉电视可以不必再观赏下去的时候，便轻轻的把它关掉。我不口出恶声，当然更不会有像传说中的砸烂荧幕的那样蠢事。好来好散，不伤和气。

光是挑剔而不赞美是不公道的，电视也给了我不少的快乐。我喜欢看新闻，百闻不如一见。例如报载某地火山爆发，就不如在电视上看那山崩地裂岩浆汜滥的奇景。火烧大楼、连环车祸，种种触目惊心的景象，都由电视送到目前。许多名流新贵，我耳闻其名而未曾识荆，无从拜见其尊容，在电视上便可以（而且是经常不断的）瞻仰他的相貌，多半是“天庭饱满，地阁方圆”。警察捕获的盗贼罪犯，自然又泰半是獐头鼠目的角色，见识一下也好（不过很奇怪，其中也有眉清目秀方面大耳的）。美国俚语，称上电视人员所使用的提词牌为“低能牌”，我不知道我们的一些上电视的公务人员在接受访问或发表谈话的时候，是否也使用“低能牌”，按说在他职掌范围之内的材料应该是滚瓜烂熟的，不至于低能到非照本宣科不可。如果使用低能牌，便会露出低能相。

新闻过后便是所谓黄金时段。惭愧得很，这也正是我准备就寝的时候。不过真正好的连续剧，不是虚晃一招的花拳绣腿的武打，而是比较有一点深度的弘扬人性的戏，也可以使我牺牲一两个小时的睡眠。即使里面有一点或很多说教的意味，我也能勉强忍耐。这样的好戏不常见。

我对于野兽生活的片子很感兴趣。野兽是我们人类的远亲，久不闻问了。他们这些支族繁殖不旺，有的且面临绝种。我逛动物园，每每想起我们“北京人”时代的环境与生活，真正的发思古之幽情。看电视所播的野兽生活，格外的惊心动魄。我并不向往非洲的大狩猎，于今之世我们不该再打猎了。地球面积够大，让他们也活下去吧。

我国的旧戏早就在走下坡路。我因为从小就爱看戏，至今不能忘情。种种不便，难得出去看一回戏，在电视上却有缘看到大约百出以上的戏，其中颇有几出是前所未见的。新编的戏我不太热心，我要看旧的戏，注意的是演员的唱与作。我发现了一位武生特别的功夫扎实气度不凡。我在楼上写作，菁清就会冲上楼来，拉起我就走，连呼：“快，快，你喜欢的‘挑滑车’上映了！”我只好搁下笔和她一同欣赏电视上的“挑滑车”。电视前看戏，当然不及在舞台前，然而也差强人意了。

电视开始那一年就有有关烹饪示范的节目，我也一直要看这个节目。我不是想学手艺，因为我在这方面没有才能和野心，可是我看主持人的刀法实在利落，割鸡去骨悉中肯綮，操作程序有条不紊，衷心不但佩服而且喜悦。可惜播放时间屡次更动，我常失误观赏的机会。

运动节目也煞是好看。足球（不是橄榄球）、篮球、棒球的重要比赛，尤其是国际性的，我不肯轻易放过。前几年少棒队驰誉国际，半夜三更起来观看电视现场播映的观众，其中有一个是我。

早起

曾文正公说："做人从早起起。"因为这是每人每日所做的第一件事。这一桩事若办不到，其余的也就可想。记得从前俞平伯先生有两行名诗："被窝暖暖的，人儿远远的……"在这"暖暖……远远……"的情形之下，毅然决然的从被窝里窜出来，尤其是在北方那样寒冷的天气，实在是不容易。惟以其不容易，所以那个举动被称为开始做人的第一件事。偎在被窝里不出来，那便是在做人的道上第一回败绩。

历史上若干嘉言懿行，也有不少是标榜早起的。例如，颜氏家训里便有"黎明即起"的句子。至少我们不会听说哪一个人为了早晨晏起而受到人的赞美。祖逖闻鸡起舞的故事是众所熟知的，但是我们不要忘了祖逖是志士，他所闻的鸡不是我们在天将破晓时听见的鸡啼，而是"中夜闻荒鸡鸣"。中夜起舞之后是否还回去再睡，史无明文，我想大概是不再回去睡了。黑茫茫的后半夜，舞完了之后还做什么，实在是不可想象的事。前清文武大臣上朝，也是半夜三更的进东华门，打着灯笼进去，不知是不是因为皇帝有特别喜欢起早的习惯。

西谚亦云：“早出来的鸟能捉到虫儿吃。”似乎是晚出来的鸟便没得虫儿吃了。我们人早起可有什么好处呢？我个人是从小就喜欢早起的，可是也说不出有什么特别的好处，只是我个人的习惯而已。我觉得这是一个好习惯，可是并不说有这好习惯的人即是好人，因为这习惯虽好，究竟在做人的道理上还是比较的一桩小事。所以像韩复榘在山东省做主席时强迫省府人员清晨五时集合在大操场里跑步，我并不敢恭维。

我小时候上学，躺在炕上一睁眼看见窗户上最高的一格有了太阳光，便要急得哭啼，我的母亲匆匆忙忙给我梳了小辫儿打发我去上学。我们的学校就在我们的胡同里。往往出门之后不久又眼泪扑簌的回来，母亲问道：“怎么回来了？”我低着头嗫嚅的回答：“学校还没有开门哩！”这是五十多年前的事了。我现在想想，还是不知道为什么要那样性急。到如今，凡是开会或宴会之类，我还是很少迟到的。我觉得迟到是很可耻的一件事。但是我的心胸之不够开展，容不得一点事，于此也就可见一斑。

有人晚上不睡，早晨不起。他说这是“焚膏油以继晷”。我想，“焚膏油”则有之，日晷则在被窝里糟蹋不少。他说夜里万籁俱寂，没有搅扰，最宜工作，这话也许是有道理的。我想晚上早睡两个钟头，早上早起两个钟头，还是一样的，因为早晨也是很宜于工作的。我记得我翻译《阿伯拉与哀绿绮思的情书》的时候，就是趁太阳没出的时候搬竹椅在廊檐下动笔，等到太阳晒满半个院子，人声嘈杂，我便收笔。这样在一个月内译成了那本书，至今回忆起来还是愉快的。我在上海住几年，黎明即起，弄堂里到处是哗喇哗喇的刷马桶的声音，满街的秽水四溢，到处看得见横七竖八的露宿的人——这种苦恼是高枕而眠到日上三竿的人所没有的。有些个城市，居然到九十点钟而街上还没有什么动静，家家户户都门窗紧闭，行经其地如过废墟。我这时候只有暗暗的祝福那些睡得香甜的人，我不知道他们昨夜做了什么事，以至今天这样晚还不能起来。

我如今年事稍长，好早起的习惯更不易抛弃。醒来听见鸟啭，一天都是快活的。走到街上，看见草上的露珠还没有干，砖缝里被蚯蚓倒出一堆一堆的沙土，男的女的担着新鲜肥美的菜蔬走进城来，马路上有戴草帽的老朽的女清道夫，还有无数的青年男女穿着熨平的布衣精神抖擞的携带着“便当”骑着脚踏车去上班，——这时候我衷心充满了喜悦！这是一个活的世界，这是一个人的世界，这是生活！

就是学佛的人也讲究“早参”“晚参”。要此心常常摄持。曾文正公说做人从早起起，也是着眼在那一转念之间，是否能振作精神，让此心做得主宰。其实早起晚起本身倒没有什么了不得的利弊，如是而已。

散步

《琅嬛记》云："古之老人，饭后必散步。"好像是散步限于饭后，仅是老人行之，而且盛行于古时。现代的我，年纪不大，清晨起来盥洗完毕便提起手杖出门去散步。这好像是不合古法，但我已行之有年，而且同好甚多，不只我一人。

清晨走到空旷处，看东方既白，远山如黛，空气里没有太多的尘埃炊烟混杂在内，可以放心地尽量地深呼吸，这便是一天中难得的享受。据估计："目前一般都市的空气中，灰尘和烟煤的每周降量，平均每平方公里均为五吨，在人烟稠密或工厂林立的地区，有的竟达二十吨之多。"养鱼的都知道要经常为鱼换水，关在城市里的人真是如在火宅，难道还不在每天清早从软暖习气中挣脱出来，服几口清凉散？

散步的去处不一定要是山明水秀之区，如果风景宜人，固然觉得心旷神怡，就是荒村陋巷，也自有它的情趣。一切只要随缘。我从前沿着淡水河边，走到萤桥，现在顺着一条马路，走到土桥，天天如是，仍然觉得目不暇接。朝露未干时，有蚯蚓，大蜗牛，在路边蠕动，没有人伤害它们，在这时候这些小小的生物可以和我们和平共处。也常见有被辗毙的田鸡野鼠横尸路上，令人怵目惊心，想到生死无常。河边蹲踞着三三两两浣衣女，态度并不轻闲，她们的背上兜着垂头瞌睡的小孩子。田畦间伫立着几个庄稼汉，大概是刚拔完萝卜摘过菜。是农家苦，还是农家乐，不大好说。就是从巷弄里面穿行，无意中听到人家里的喁喁絮语，有时也能令人忍俊不住。

六朝人喜欢服五石散，服下去之后五内如焚，浑身发热，必须散步以资宣泄。到唐朝时犹有这种风气。元稹诗“行药步墙阴”，陆龟蒙诗“更拟结茅临水次，偶因行药到村前”。所谓行药，就是服药后的散步。这种散步，我想是不舒服的。肚里面有丹砂雄黄白矾之类的东西作怪，必须脚步加快，步出一身大汗，方得畅快。我所谓的散步不这样的紧张，遇到天寒风大，可以缩颈急行，否则亦不妨迈方步，缓缓而行。培根有言：“散步利胃。”我的胃口已经太好，不可再利，所以我从不踉跄地趱路。六朝人所谓“风神萧散，望之如神仙中人”，一定不是在行药时的写照。

散步时总是携带一根手杖，手里才觉得不闲得慌。山水画里的人物，凡是跋山涉水的总免不了要有一根邛杖，否则好像是摆不稳当似的。王维诗：“策杖村西日斜。”村东日出时也是一样的需要策杖。一杖在手，无需舞动，拖曳就可以了。我的一根手杖，因为在地面摩擦的关系，已较当初短了寸余。手杖有时亦可作为武器，聊备不时之需，因为在街上散步者不仅是人，还有狗。不是夹着尾巴的丧家之狗，也不是循循然汪汪叫的土生土长的狗，而是那种雄赳赳的横眉竖眼张口伸舌的巨獒，气咻咻地迎面而来，后面还跟着骑脚踏车的扈从，这时节我只得一面退避三舍，一面加力握紧我手里的竹杖。那狗脖上挂着牌子，当然是纳过税的，还可能是系出名门，自然也有权利出来散步。还好，此外尚未遇见过别的什么猛兽。唐慈藏大师“独静行禅，不避虎兕”，我只有自惭定力不够。

散步不需要伴侣，东望西望没人管，快步慢步由你说，这不但是自由，而且只有在这种时候才特别容易领略到“前不见古人，后不见来者”那种“分段苦”的味道。天覆地载，孑然一身。事实上街道上也不是绝对的阒无一人，策杖而行的不止我一个，而且经常的有很熟的面孔准时准地地出现，还有三五成群的小姑娘，老远的就送来木屐声。天长日久，面孔都熟了，但是谁也不理谁。在外国的小都市，你清早出门，一路上打扫台阶的老太婆总要对你搭讪一两句话，要是在郊外山上，任何人都要彼此脱帽招呼。他们不嫌多事。我有时候发现，一个形容枯槁的老者忽然不见他在街道散步了，第二天也不见，第三天也不见，我真不敢猜想他是到哪里去了。

太阳一出山，把人影照得好长，这时候就该往回走。再晚一点便要看到穿蓝条睡衣睡裤的女人们在街上或是河沟里倒垃圾，或者是捧出红泥小火炉在路边呼呼地扇起来，弄得烟气腾腾。尤其是，风驰电掣的现代交通工具也要像是猛虎出柙一般地露面了，行人总以回避为宜。所以，散步一定要在清晨。白居易诗："晚来天气好，散步中门前。"要知道白居易住的地方是伊阙，是香山，和我们住的地方不一样。

寂寞

寂寞是一种清福。我在小小的书斋里，焚起一炉香，袅袅的一缕烟线笔直的上升，一直戳到顶棚，好像屋里的空气是绝对的静止，我的呼吸都没有搅动出一点波澜似的。我独自暗暗地望着那条烟线发怔。屋外庭院中的紫丁香树还带着不少嫣红焦黄的叶子，枯叶乱枝时时的声响可以很清晰的听到，先是一小声清脆的折断声，然后是撞击着枝干的磕碰声，最后是落到空阶上的拍打声。这时节，我感到了寂寞。在这寂寞中我意识到了我自己的存在——片刻的孤立的存在。这种境界并不太易得，与环境有关，但更与心境有关。寂寞不一定要到深山大泽里去寻求，只要内心清净，随便在市廛里，陋巷里，都可以感受到一种空灵悠逸的境界，所谓“心远地自偏”是也。在这种境界中，我们可以在想象中翱翔，跳出尘世的渣滓，与古人游。所以我说，寂寞是一种清福。

在礼拜堂里我也有过同样的经验。在伟大庄严的教堂里，从彩色玻璃透进一股不很明亮的光线，沉重的琴声好像是把人的心都洗淘了一番似的，我感觉到了我自己的渺小。这渺小的感觉便是我意识到自己存在的明证。因为平常连这一点点渺小之感都不会有的！

我的朋友萧丽先生卜居在广济寺里，据他告诉我，在最近一个夜晚，月光皎洁，天空如洗，他独自踱出僧房，立在大雄宝殿前的石阶上，翘首四望，月色是那样的晶明，蓊郁的树是那样的静止，寺院是那样的肃穆，他忽然顿有所悟，悟到永恒，悟到自我的渺小，悟到四大皆空的境界。我相信一个人常有这样的经验，他的胸襟自然豁达辽阔。

但是寂寞的清福是不容易长久享受的，它只是一瞬间的存在。世间有太多的东西不时地提醒我们，提醒我们一件煞风景的事实：我们的两只脚是踏在地上的呀！一只苍蝇撞在玻璃窗上挣扎不出，一声“老爷太太可怜可怜我这个瞎子罢”，都可以使我们从寂寞中间一头栽出去，栽到苦恼烦躁的旋涡里去。至于“催租吏”一类的东西打上门来，或是“石壕吏”之类的东西半夜捉人，其足以使人败兴生气，就更不待言了。这还是外界的感触，如果自己的内心先六根不净，随时都意马心猿，则虽处在最寂寞的境地里，他也是慌成一片，忙成一团，六神无主，暴跳如雷，他永远不得享受寂寞的清福。

如此说来，所谓寂寞不即是一种唯心论，一种逃避现实的现象么？也可以说是。一个高蹈隐遁的人，在从前的社会里还可以存在，而且还颇受人敬重，在现在的社会里是绝对的不可能。现在似乎只有两种类型的人了，一是在现实的泥溷中打转的人，一是偶然也从泥溷中昂起头来喘几口气的人。寂寞便是供人喘息的几口清新空气。喘过几口气之后还得耐心的低头钻进泥溷里去。所以我对于能够昂首物外的举动并不愿再多苛责。逃避现实，如果现实真能逃避，吾寤寐以求之！

有过静坐经验的人该知道，最初努力把握着自己的心，叫它什么也不想，那是多么困难的事！那是强迫自己入于寂寞的手段，所谓参禅入定全属于此类。我所赞美的寂寞，稍异于是。我所谓的寂寞，是随缘偶得，无须强求，一霎间的妙悟也不嫌短，失掉了也不必怅惘。但凡我有一刻寂寞时，我要好好的享受它。

喝茶

我不善品茶，不通茶经，更不懂什么茶道，从无两腋之下习习生风的经验。但是，数十年来，喝过不少茶，北平的双窨、天津的大叶、西湖的龙井、六安的瓜片、四川的沱茶、云南的普洱、洞庭湖的君山茶、武夷山的岩茶，甚至不登大雅之堂的茶叶梗与满天星随壶净的高末儿，都尝试过。茶是我们中国人的饮料，口干解渴，惟茶是尚。茶字，形近于荼，声近于槚，来源甚古，流传海外，凡是有中国人的地方就有茶。人无贵贱，谁都有分，上焉者细啜名种，下焉者牛饮茶汤，甚至路边埂畔还有人奉茶。北人早起，路上相逢，辄问讯："喝茶未？"茶是开门七件事之一，乃人生必需品。

孩提时，屋里有一把大茶壶，坐在一个有棉衬垫的藤箱里，相当保温，要喝茶自己斟。我们用的绿豆碗，这种碗大号的是饭碗，小号的是茶碗，作绿豆色，粗糙耐用，当然和宋瓷不能比，和江西瓷不能比，和洋瓷也不能比，可是有一股朴实厚重的风貌。现在这种碗早已绝迹，我很怀念。这种碗打破了不值几文钱，脑勺子上也不至于挨巴掌。银托白瓷小盖碗是祖父母专用的，我们看着并不羡慕。看那小小的一盏，两口就喝光，泡两三回就得换茶叶，多麻烦。如今盖碗很少见了，除非是到故宫博物院拜会蒋院长，他那大客厅里总是会端出盖碗茶敬客。再不就是在电视剧中也常看见有盖碗茶，可是演员一手执盖一手执碗缩着脖子啜茶那副狼狈相，令人发噱，因为他不知道盖碗茶应该是怎样的喝法。他平素自己喝茶大概一直是用玻璃杯、保温杯之类，如今，我们此地见到的盖碗，多半是近年来本地制造的“万寿无疆”的那种样式，瓷厚了一些；日本制的盖碗，样式微有不同，总觉得有些怪怪的。近有人回大陆，顺便探视我的旧居，带来我三十多年前天天使用的一只瓷盖碗，原是十二套，只剩此一套了，碗沿还有一点磕损，睹此旧物，勾起往日的心情，不禁黯然。盖碗究竟是最好的茶具。

茶叶品种繁多，各有擅场。有友来自徽州，同学清华，徽州产茶胜地，但是他看到我用一撮茶叶放在壶里沏茶，表示惊讶，因为他只知道茶叶是烘干打包捆载上船沿江运到沪杭求售，剩下来的茶梗才是家人饮用之物。恰如北人所谓“卖席的睡凉炕”。我平素喝茶，不是香片就是龙井，多次到大栅栏东鸿记或西鸿记去买茶叶，在柜台前面一站，徒弟搬来凳子让坐，看伙计称茶叶，分成若干小包，包得见棱见角，那份手艺只有药铺伙计可以媲美。茉莉花窨过的茶叶，临卖的时候再抓一把鲜茉莉花放在表面上，所以叫做双窨。于是茶店里经常是茶香花香，郁郁菲菲。父执有名玉贵者，旗人，精于饮馔，居恒以一半香片一半龙井混合沏之，有香片之浓馥，兼龙井之苦清。吾家效而行之，无不称善。茶以人名，乃迳呼此茶为“玉贵”。私家秘传，外人无由得知。

其实，清茶最为风雅。抗战前造访知堂老人于苦茶庵，主客相对总是有清茶一盂，淡淡的、涩涩的、绿绿的。我曾屡侍先君游西子湖，从不忘记品尝当地的龙井，不需要攀登南高峰风篁岭，近处平湖秋月就有上好的龙井茶，开水现冲，风味绝佳。茶后进藕粉一碗，四美具矣。正是“穿牖而来，夏日清风冬日日；卷帘相见，前山明月后山山”（骆成骧联）。有朋自六安来，贻我瓜片少许，叶大而绿，饮之有荒野的气息扑鼻。其中西瓜茶一种，真有西瓜风味。我曾过洞庭，舟泊岳阳楼下，购得君山茶一盒。沸水沏之，每片茶叶均如针状直立漂浮，良久始舒展下沉，味品清香不俗。

初来台湾，粗茶淡饭，颇想倾阮囊之所有在饮茶一端偶作豪华之享受。一日过某茶店，索上好龙井，店主将我上下打量，取八元一斤之茶叶以应，余示不满，乃更以十二元者奉上，余仍不满，店主勃然色变，厉声曰：“买东西，看货色，不能专以价钱定上下。提高价格， 自欺欺人耳！先生奈何不察？”我爱其戆直。现在此茶店门庭若市，已成为业中之翘楚。此后我饮茶，但论品味，不问价钱。

茶之以浓酽胜者莫过于工夫茶。《潮嘉风月记》说工夫茶要细炭初沸连壶带碗泼浇，斟而细呷之，气味芳烈，较嚼梅花更为清绝。我没嚼过梅花，不过我旅居青岛时有一位潮州澄海朋友，每次聚饮酩酊，辄相偕走访一潮州帮巨商于其店肆。肆后有密室，烟具、茶具均极考究，小壶小盅有如玩具。更有娈婉丱童伺候煮茶、烧烟，因此经常饱吃工夫茶，诸如铁观音、大红袍，吃了之后还携带几匣回家。不知是否故弄玄虚，谓炉火与茶具相距以七步为度，沸水温度方合标准。与小盅而饮之，若饮罢径自返盅于盘，则主人不悦，须举盅至鼻头猛嗅两下。这茶最有解酒之功，如嚼橄榄，舌根微涩，数巡之后，好像是越喝越渴，欲罢不能。喝工夫茶，要有工夫，细呷细品，要有设备，要人服侍，如今乱糟糟的社会里谁有那么多的工夫？红泥小火炉哪里去找？伺候茶汤的人更无论矣。普洱茶，漆黑一团，据说也有绿色者，泡烹出来黑不溜秋，粤人喜之。在北平，我只在正阳楼看人吃烤肉，吃得口滑肚子膨亨不得动弹，才高呼堂倌泡普洱茶。四川的沱花亦不恶，惟一般茶馆应市者非上品。台湾的乌龙，名震中外，大量生产，佳者不易得。处处标榜冻顶，事实上哪里有那么多的冻顶？

喝茶，喝好茶，往事如烟。提起喝茶的艺术，现在好像谈不到了，不提也罢。

下棋

有一种人我最不喜欢和他下棋，那便是太有涵养的人。杀死他一大块，或是抽了他一个车，他神色自若，不动火，不生气，好像是无关痛痒，使你觉得索然寡味。君子无所争，下棋却是要争的。当你给对方一个严重威胁的时候，对方的头上青筋暴露，黄豆般的汗珠一颗颗地在额上陈列出来，或哭丧着脸作惨笑，或咕嘟着嘴作吃屎状，或抓耳挠腮，或大叫一声，或长吁短叹，或自怨自艾口中念念有词，或一串串的噎嗝打个不休，或红头涨脸如关公，种种现象，不一而足，这时节你“行有余力”，便可以点起一支烟，或啜一碗茶，静静地欣赏对方的苦闷的象征。我想猎人追逐一只野兔的时候，其愉快大概略相仿佛。因此我悟出一点道理，和人下棋的时候，如果有机会使对方受窘，当然无所不用其极，如果被对方所窘，便努力作出不介意状，因为既不能积极地给对方以苦痛，只好消极地减少对方的乐趣。

自古博弈并称，全是属于赌的一类，而且只是比“饱食终日无所用心”略胜一筹而已。不过弈虽小术，亦可观人。相传有慢性人，见对方走当头炮，便左思右想，不知是跳左边的马好，还是跳右边的马好，想了半个钟头而迟迟不决，急得对方拱手认输。是有这样的慢性人，每一着都要考虑，而且是加慢的考虑，我常想这种人如加入龟兔竞赛，也必定可以获胜。也有性急的人，下棋如赛跑，噼噼啪啪，草草了事，这仍旧是饱食终日无所用心的一贯作风。下棋不能无争，争的范围有大有小，有斤斤计较而因小失大者，有不拘小节而眼观全局者，有短兵相接作生死斗者，有各自为战而旗鼓相当者，有赶尽杀绝一步不让者，有好勇斗狠同归于尽者，有一面下棋一面诮骂者，但最不幸的是争的范围超出了棋盘，而拳足交加。有下象棋者，久而无声响，排闼视之，阒不见人，原来他们是在门后角里扭作一团，一个人骑在另一个人的身上，在他的口里挖车呢。被挖者不敢出声，出声则口张，口张则车被挖回，挖回则必悔棋，悔棋则不得胜，这种认真的态度憨得可爱。我曾见过二人手谈，起先是坐着，神情潇洒，望之如神仙中人，俄而棋势吃紧，两人都站起来了，剑拔弩张，如斗鹌鹑，最后到了生死关头，两个人都跳到桌上去了！

笠翁《闲情偶寄》说弈棋不如观棋，因观者无得失心。观棋是有趣的事，如看斗牛、斗鸡、斗蟋蟀一般。但是观棋也有难过处，观棋不语是一种痛苦。喉间硬是痒得出奇，思一吐为快。看见一个人要入陷阱而不作声是几乎不可能的事，如果说得中肯，其中一个人要怨恨你，暗暗地骂一声：“多嘴驴！”另一个人也不感激你，心想：“难道我还不晓得这样走！”如果说得不中肯，两个人要一齐嗤之以鼻，

“无见识奴！”如果根本不说，憋在心里，受病。所以有人于挨了一个耳光之后还要抚着热辣辣的嘴巴大呼：“要抽车！要抽车！”

下棋只是为了消遣，其所以能使这样多人嗜此不疲者，是因为他颇合于人类好斗的本能，这是一种“斗智不斗力”的游戏。所以瓜棚豆架之下，与世无争的村夫野老不免一枰相对，消此永昼；闹市茶寮之中，常有有闲阶级的人士下棋消遣，“不为无益之事，何以遣此有涯之生？”宦海里翻过身最后退隐东山的大人先生们，髀肉复生，而英雄无用武之地，也只好闲来对弈，了此残生，下棋全是“剩余精力”的发泄。人总是要斗的，总是要钩心斗角地和人争逐的。与其和人争权夺利，还不如在棋盘上多占几个官；与其招摇撞骗，还不如在棋盘上抽上一车。宋人笔记曾载有一段故事：“李讷仆射，性卞急，酷好弈棋，每下子安详，极于宽缓，往往躁怒作，家人辈则密以弈具陈于前，讷睹，便忻然改容，以取其子布弄，都忘其恚矣。”（《南部新书》）下棋，有没有这样陶冶性情之功，我不敢说，不过有人下起棋来确实是把性命都可置诸度外。我有两个朋友下棋，警报作，不动声色，俄而弹落，棋子被震得在盘上跳荡，屋瓦乱飞，其中一位棋瘾较小者变色而起，被对方一把拉住：“你走！那就算是你输了。”此公深得棋中之趣。

写字

在从前，写字是一件大事，在“念背打”教育体系当中占一个很重要的位置，从描红模子的横平竖直，到写墨卷的黑大圆光，中间不知有多大艰苦。记得小时候写字，老师冷不防的从你脑后把你的毛笔抽走，弄得你一手掌的墨，这证明你执笔不坚，是要受惩罚的。这样恶作剧还不够，有的在笔管上套大铜钱，一个，两个，乃至三四个，摇动笔管只觉头重脚轻。这原理是和武术家腿上绑沙袋差不多，一旦解开重负便会身轻似燕极尽飞檐走壁之能事。如果练字的时候笔管上驮着好几两重的金属，一旦握起不加附件的竹管，当然会龙飞蛇舞，得心应手了。写一寸径的大字，也有人主张用悬腕法，甚至悬肘法，写字如站桩，挺起腰板，咬紧牙关，正襟危坐，道貌岸然。在这种姿态中写出来的字，据说是能力透纸背。现代的人无需受这种折磨。“科举”已经废除了，只会写几个“行”“阅”“如拟”“照办”，便可为官。自来水笔代替了毛笔，横行左行也可以应酬问世，写字一道，渐渐的要变成“国粹”了。

当作一种艺术看，中国书法是很独特的。因为字是艺术，所以什么“永字八法”之类的说教，其效用也就和“新诗作法”“小说作法”相差不多。绳墨当然是可以教的，而巧妙各有不同，关键在于个人。写字最容易泄露一个人的个性，所谓“字如其人”大抵不诬。如果每个字都方方正正，其人大概拘谨；如果伸胳臂拉腿的都逸出格外，其人必定豪放；字瘦如柴，其人必如排骨；字如墨猪，其人必近于“五百斤油”。所以郑板桥的字，就应该是那样的倾斜古怪，才和他那吃狗肉傲公卿的气概相称；颜鲁公的字就应该是那样的端庄凝重，才和他的临难不苟的品格相合，其间无丝毫勉强。

在“文字国”里，需要写字的地方特别多。擘窠大字至蝇头小楷，都有用途。可惜的是，写字的人往往不能用其所长，且常用错了地方。譬如，凿石摹壁的大字，如果不能使山川生色，就不如给当铺酱园写写招牌，至不济也可以给煤栈写“南山高煤”。有些人的字不宜在壁上题诗，改写春联或“抬头见喜”就合适得多。有的人写字技术非常娴熟，在茶壶盖上写“一片冰心”是可以胜任的，却偏爱给人题跋字画。中堂条幅对联，其实是人人都可以写的，不过悬挂的地点应该有个分别，有的宜于挂在书斋客堂，有的宜于挂在饭铺理发馆，求其环境配合，气味相投，如是而已。

“善书者不择笔”，此说未必尽然，秃笔写铁线篆，未尝不可，临赵孟頫《心经》就有困难。字写得坚挺俊俏，所用大概是尖毫。笔墨纸砚，对于字的影响是不可限量的。有时候写字的人除了工具之外，还讲究一点特殊的技巧。最妙者无过于某公之一笔虎，八尺的宣纸，布满了一个虎字，气势磅礴，一气呵成，尤其是那一直竖，顶天立地的笔直一根杉木似的，煞是吓人。据说，这是有特别办法的，法用马弁一名，牵着纸端，在写到那一竖的时候把笔顿好，喊一声“拉”，马弁牵着纸就往后扯，笔直的一竖自然完成。

写字的人有瘾，瘾大了就非要替人写字不可，看着人家的白扇面，就觉得上面缺点什么，至少也应该有“精气神”三个字。相传有人爱写字，尤其是爱写扇子，后来腿坏，以至无扇可写；人问其故，原来是大家见了他就跑，他追赶不上了。如果字真写到好处，当然不需腿健，但写字的人究竟是腿健者居多。

读画

《随园诗话》："画家有读画之说，余谓画无可读者，读其诗也。"随园老人这句话是有见地的。读是读诵之意，必有文章词句然后方可读诵，画如何可读？所以读画云者，应该是读诵画中之诗。

诗与画是两个类型，在对象、工具、手法，各方面均不相同。但是类型的混淆，古已有之。在西洋，所谓Ut picture poesis，"诗既如此，画亦同然"，早已成为艺术批评上的一句名言。我们中国也特别称道王摩诘的"画中有诗，诗中有画"。究竟诗与画是各有领域的。我们读一首诗，可以欣赏其中的景物的描写，所谓"历历如绘"。如诗之极致究竟别有所在，其着重点在于人的概念与情感。所谓诗意、诗趣、诗境，虽然多少有些抽象，究竟是以语言文字来表达最为适宜。我们看一幅画，可以欣赏其中所蕴藏的诗的情趣，但是并非所有的画都有诗的情趣，而且画的主要的功用是在描绘一个意象。我们说读画，实在是在画里寻诗。

"蒙娜丽莎"的微笑，即是微笑，笑得美，笑得甜，笑得有味道，但是我们无法追问她为什么笑，她笑的是什么。尽管有许多人在猜这个微笑的谜，其实都是多此一举。有人以为她是因为发现自己怀孕了而微笑，那微笑代表女性的骄傲与满足。有人说：“怎见得她是因为发觉怀孕而微笑呢？也许她是因为发觉并未怀孕而微笑呢？”这样地读下去，是读不出所以然来的。会心的微笑，只能心领神会，非文章词句所能表达。像《蒙娜丽莎》这样的画，还有一些奥秘的意味可供揣测，此外像Watts的《希望》，画的是一个女人跨在地球上弹着一只断了弦的琴，也还有一点象征的意思可资领会，但是 Sorolla 的《二姊妹》，除了耀眼的阳光之外还有什么诗可读？再如 Sully 的《戴破帽子的孩子》，画的是一个孩子头上顶着一个破帽子，除了那天真无邪的脸上的光线掩映之外还有什么诗可读？至于Chase 的一幅《静物》，可能只是两条死鱼翻着白肚子躺在盘上，更没有什么可说的了。

也许中国画里的诗意较多一点。画山水不是《春山烟雨》，就是《江皋烟树》，不是《云林行旅》，就是《春浦帆归》，只看画题，就会觉得诗意盎然。尤其是文人画家，一肚皮不合时宜，在山水画中寄托了隐逸超俗的思想，所以山水画的境界成了中国画家人格之最完美的反映。即使是小幅的花卉，像李复堂、徐青藤的作品，也有一股豪迈潇洒之气跃然纸上。

画中已经有诗，有些画家还怕诗意不够明显，在画面上更题上或多或少的诗词字句。自宋以后，这已成了大家所习惯接受的形式，有时候画上无字反倒觉得缺点什么。中国字本身有其艺术价值，若是题写得当，也不难看。西洋画无此便利，《拾穗人》上面若是用鹅翎管写上一首诗，那就不堪设想。在画上题诗，至少说明了一点，画里面的诗意有用文字表达的必要。一幅酣畅的泼墨画，画着两棵大白菜，墨色浓淡之间充分表示了画家笔下控制水墨的技巧，但是画面的一角题了一行大字："不可无此味，不可有此色"，这张画的意味不同了，由纯粹的画变成了一幅具有道德价值的概念的插图。金冬心的一幅墨梅，篆籀纵横，密圈铁线，清癯高傲之气扑人眉宇，但是半幅之地题了这样的词句："晴窗呵冻，写寒梅数枝，胜似与猫儿狗儿盘桓也……"顿使我们的注意力由斜枝细蕊转移到那个清高的画士。画的本身应该能够表现画家所要表现的东西，不需另假文字为之说明，题画的办法有时使画不复成为纯粹的画。

我想画的最高境界不是可以读得懂的，一说到读便牵涉到文章词句，便要透过思想的程序，而画的美妙处在于透过视觉而直诉诸人的心灵。画给人的一种心灵上的享受，不可言说，说便不着。

看报

早晨起来，盥洗完毕，就想摊开报纸看看。或是斜靠在沙发上，翘起一条腿，仰着脖子，举着报纸看。或是铺在桌面上，摘下老花眼镜，一目十行或十目一行的看。或是携进厕所，细吹细打翻来过去的看。各极其态，无往不宜。假使没有报看，这一天的秩序就要大乱，浑身不自在，像是硬断毒瘾所谓“冷火鸡”。翻翻旧报纸看看，那不对劲，一定要热烘烘的刚从报馆出炉的当天的报纸看了才过瘾。报纸上有什么东西这样摄人魂魄令人倾倒？惊天动地的新闻、回肠荡气的韵事，不是天天有的。不过，大大小小的贪赃枉法的事件、形形色色的社会新闻，以及五花八门的副刊，多少都可以令人开胃醒脾，耳目一新。抛下报纸便可心安理得的去做一个人一天该做的事去了。有些人肝火旺，看了报上少不了的一些不公道的事、颟顸糊涂的事、泄气的事、腌臜的事，不免吹胡瞪眼，破口大骂。这也好，让他发泄一下免得积郁成疾。也有些人专门识小，何处失火、何人跳楼、何家遭窃、何人被绑，乃至于哪家的猪有五条腿、哪家的孩子有两个头，都觉得趣味横生，可资谈助。报纸的诱惑力实在太大了，怎可一日无此君？

我看报也有瘾。每天四五份报纸，幸亏大部分雷同，独家报道并不多，只有副刊争奇竞秀各有千秋，然而浏览一过择要细看，差不多也要个把钟头。有时候某一报纸缺席，心里辄为之不快，但是想想送报的人长年的栉风沐雨，也许有个头痛脑热，偶尔歇工，也就罢了。过阴历年最难堪，报馆休假好几天，一张半张的凑和，乏味之至。直到我自己也在报馆做一点事，才体会到报人也需要逢年轻松几天，这才能设身处地不忍深责。

报纸以每日三张为限，广告至少占去一半以上，这也有好处，记者先生省却不少编撰之劳，广告客户大收招徕生意之效，读者亦可节省一点宝贵时间。就是广告有时也很有趣。近年来结婚启事好像少了，大概是因为红色炸弹直接投寄收效较宏。可是讣闻还是相当多，尤其是死者若是身兼若干董监事，则一排讣闻分别并列，蔚为壮观。不知是谁曾经说过："你要知道谁是走方郎中江湖庸医么？打开报纸一索便得。"可是医师的广告渐渐少了，药物广告也不若以前之多了。密密麻麻的分类广告，其中藏龙卧虎，有时颇有妙文，常于无意中得之。

报纸以三张为限，也很好。看完报纸如何打发，是一个问题，沿街叫喊"酒乾唐贝波"的人好像现已不常见。外国的报纸动辄一百多页，星期天的报纸多到五百页不算稀奇。报童送报无论是背负还是小车拉曳，都有不胜负荷之状。看完报纸之后通常是积有成数往垃圾桶里一丢，也有人不肯暴殄天物，一大批一大批的驾车送到指定地点做打纸浆之用。我们报纸张数少，也够麻烦，一个月积攒下来也够一大堆，小小几坪的房间如何装得下？不知有人想到过没有，旧报纸可以拿去做纸浆，收物资循环之效。

从前老一辈的人，大概是敬惜字纸，也许是爱惜物资，看完报纸细心折叠，一天一沓，一月一捆，结果是拿去卖给小贩，小贩拿去卖给某些店铺，作为包装商品之用。旧报纸如何打发固是问题，我较更关心的是：看报似乎也有看报的道德，无论在什么场合，看完报纸应该想到还有别人要看，所以应该稍加整理、稍加折叠。我不期望任谁看过报纸还能折叠得见棱见角，如军事管理之叠床被要叠得像一块豆腐干，那是陈义过高近于奢望，但是我也看不得报纸凌乱的抛在桌上、椅上、地上，像才经过一场洗劫。

有一阵电视上映出两句标语：饭前洗手，饭后漱口。实在很好，功德无量。我发现看完报纸之后也要洗手。看完报纸之后十根手指像是刚搓完煤球。外国报纸好像污染得好一些，我不知道他们用的油墨是什么牌子的。

看报也常误事。我一年之内有过因为看报，而烧黑了三个煮菜锅的纪录。这是我对于报纸的功能之最高的称颂。报纸能令人忘记锅里煮着东西！

照相

人的眼睛像一具照相机，不，应该说照相机略似人的眼睛。人的眼睛，眨巴眨巴的自动启闭，自动调整焦距，自动缩放光圈，自动分辨色光，一瞬间把眼前景物尽收眼底，而且不需计算曝光时间，不需冲洗，不需晒印，不需更换底片，印象长久保存在脑海里，随时可以在想象中涌现。照相机哪有这样方便?

但是照相机仍是一项了不起的发明。照相术可以把一些景象留在纸上，可以留待回忆，可以广为流传，实在是相当神妙，怪不得早先有人认为照相是洋鬼子的魔术，照相机是剜了死人的眼珠造成的，而且照相机底版上的人的映像是头朝下脚朝天，照一回相就要倒霉一次。

从前照相不是一件小事。谁家里大概都保有几张褪了色的迷迷糊糊的前辈照相，父母的、祖父母的、曾祖父母的。从前的喜神是请画师手绘的，多半是人咽了气之后就请画师来，揭开殓布着着实实地看几眼，把脸上特征牢记于心，回去慢慢细描，八九不离十。有了照相之后，就方便多了，照片上打了方格子，比照投影，照猫画虎。画出来神情毕肖。人老了，总要照几张相。照相之前必定盛装起来，袍褂齐整如见大宾，手里拿着半启的折扇，或是揉着两只铁球。如果夫人合照，则男左女右，各据太师椅一张，正襟危坐，一个是双腿八字开，一个是两腿齐并拢，中间小茶几一个，上置水烟袋、盖碗茶，前面一定有一只高大瓷痰桶，这是照相时必须摆出的标准架势。如果家里人丁旺，祖孙三代济济一堂，一幅合家欢是少不了的，二老坐当中，儿子、媳妇、孙男女按照辈分、年秩分列两旁，或是像兔儿爷摊子似的站在后排。有人忌讳照合家欢，说是照了之后该进祠堂的人可能很快地就进了祠堂；其实不照合家欢，结果也是一样，还是及时照了好。早先照相好像只是照相馆的事。杭州二我轩照的“西湖十景”和“西湖一览”的横幅，有许多人家挂在壁上作为卧游的对象，以为平添了什么“雷峰夕照”“三潭印月”“花港观鱼”“平湖秋月”之类的点缀便增加几分风雅。北平廊坊头条的容光照相馆门口，永远有两幅当今显要的全身放大照片，多半是全副戎装，肩头两大撮丝穗，胸前挂满各色勋章。照相馆不仅技术高，能把一副叱咤风云踌躇满志的神情拍摄出来，而且手脚快，能于一夕之间随着政潮起落更换门前时势英雄的玉照。

我父执辈有一位蒙古王公，因为雄于资，以照相为消遣，开风气之先。风景人物一齐来。常是背着照相机拎着三脚架奔驰于玉泉山颐和园之间；意犹未足，在家里乘天气晴朗，关起屏门，呼妻唤妾，小院里春光荡漾，一一收入镜头，甚至招来男女演员裸体征逐，拍摄所得细腻处，胜过仇十洲的春宫秘戏。后来这位先生患了丹毒，浑身浮肿，头大如斗，化为一摊脓血而亡，有人说他照相伤了阴德。

我在二十二岁开始玩照相。第一架“柯达克”，长方形厚厚的一个匣子，打开匣子就自动拉出打褶的箱身，软片一沓子十二张，用一张抽一张，虽然简陋，比照相师把头蒙在黑布下装玻璃板要方便多了。后来添置了三脚架、自动计时器，调整好光圈、距离，按下快门之后，三步并作两步地走到对面，咔嚓一声，把自己照进去了，好得意。照相而不能自己洗晒，究竟不能十分满足，可是看了人家躲在厕所里遮上窗户用自制的一盏红灯埋头冲洗，闷出一头大汗，洗出来未必像样，那份洋罪我不想受。照相机日新月异，看样子永远赶不上潮流，新器材的发明永无终止，谁愿意投资于无底洞，于是我把照相这一嗜好刚要形成的时候就戒掉了。如今视力茫茫，两手微颤，想再重拾旧趣亦不可得。若是有人要给我照相，只要不嫌老丑，我是来者不拒，而且不需要特别要求，不需请我说一声Squeeze，我会不吝报以微笑。印出来送我一张，多谢盛情，不送也无妨，可能是根本没洗出来。

很多做父母的非常钟爱他们的孩子，孩子尚在襁褓，就要给他照相留念，然后每隔周岁再照一张，说是给孩子生长过程留下一点痕迹，以为他日追忆过去之资，实则是父母满足他们自己钟爱之情。看着自己的骨肉幼苗逐年茁大，自有一种不可言说的快感。孩子长大成人，男婚女嫁，自成一个单位，对于过去并不怎样眷恋，关心的是他的配偶、自己的儿女，感兴趣的是他自己的下一代。我曾亲见一个孩子长大，授室前夕，他的母亲把他从小到大的照片簿交付给他，他说：“你留着自己观赏吧，我不想要。”他的母亲好伤心。

结婚照大概是人人都很珍视的，尤其是新娘子的照相，事前上装、美容、做发，然后经照相师的左摆布右摆布，非把观礼的亲友等得望穿秋水、神黯心焦不能露面。慢工出细活，结婚照相当然是俊俏美观。当事人看了扬扬得意，乐不可支，必定要彩色放大，供在案头、悬在壁上——“美的东西是永久的快乐”。乐还要与别人分享，才能大乐特乐，于是加印多张，到处投赠，希望别人惠存留念。但是据我所知，凡是以结婚照片赠人者，那些美丽的照片之短期内的归宿大概是——字纸篓。

双城记

这“双城记”与狄更斯的小说《二城故事》无关。

我所谓的“双城”是指我们的台北与美国的西雅图。对这两个城市，我都有一点粗略的认识。在台北我住了三十多年，搬过六次家，从德惠街搬到辛亥路，吃过拜拜，挤过花朝，游过孔庙，逛过万华，究竟所知有限。高阶层的灯红酒绿，低阶层的褐衣蔬食，接触不多，平夙交游活动的范围也很狭小，疏慵成性，画地为牢，中华路以西即甚少涉足。西雅图（简称西市）是美国西北部一大港口，若干年来我曾访问过不下十次，居留期间长则三两年，短则一两月，闭门家中坐的时候多，因为虽有胜情而无济胜之具，即或驾言出游，也不过是浮光掠影。所以我说我对这两个城市，只有一点粗略的认识。

我向不欲侈谈中西文化，更不敢妄加比较。只因所知不够宽广，不够深入。中国文化历史悠久，不是片言可以概括；西方文化也够博大精深，非一时一地的一鳞半爪所能代表。我现在所要谈的只是就两个城市，凭个人耳目所及，一些浅显的感受或观察。“贤者识其大，不贤者识其小”，如是而已。

两个地方的气候不同。台北地处亚热带，又是一个盆地，环市皆山。我从楼头俯瞰，常见白茫茫的一片，好像有“气蒸云梦泽”的气势。到了黄梅天，衣服被褥总是湿漉漉的。夏季午后常有阵雨，来得骤，去得急，雷电交掣之后，雨过天晴。台风过境，则排山倒海，像是要耸散穹隆，应是台湾一景，台北也偶叨临幸。西市在美国西北隅海港内，其纬度相当于我国东北之哈尔滨与齐齐哈尔，赖有海洋暖流调剂，冬天虽亦雨雪霏霏而不至于酷寒，夏季则早晚特凉，夜眠需拥重毯。也有连绵的淫雨，但晴时天朗气清，长空万里。我曾见长虹横亘，作一百八十度，罩盖半边天。凌晨四时，暾出东方，日薄崦嵫要在晚间九时以后。

我从台北来，着夏季衣裳，西市机场内有暖气，尚不觉有异，一出机场大门立刻觉得寒气逼人，家人乃急以厚重大衣加身。我深吸一口大气，沁人肺腑，有似冰心在玉壶。我回到台北去，一出有冷气的机场，熏风扑面，遍体生津，俨如落进一镬热粥糜。不过人各有所好，不可一概而论。我认识一位生长台北而长居西市的朋友，据告非常想念台北，想念台北的一切，尤其是想念台北夏之湿粘燠热的天气！

西市的天气干爽，凭窗远眺，但见山是山，水是水，红的是花，绿的是叶，轮廓分明，纤微毕现，而且色泽鲜艳。我们台北路边也有树，重阳木、霸王椰、红棉树、白千层……都很壮观，不过，树叶上蒙了一层灰尘，只有到了阳明山才能看见像打了蜡似的绿叶。

西市家家有烟囱，但是个个烟囱不冒烟。壁炉里烧着火光熊熊的大木橛，多半是假的，是电动的机关。晴时可以望见积雪皑皑的瑞尼尔山，好像是浮在半天中；北望喀斯开山脉若隐若现。台北则异于是。很少人家有烟囱，很多人家在房顶上、在院子里、在道路边烧纸、烧垃圾，东一把火西一股烟，大有“夜举烽、昼燔燧”之致。凭窗亦可看山，我天天看得见的是近在咫尺的蟾蜍山。近山绿，远山青。观音山则永远是淡淡的一抹花青，大屯山则更常是云深不知处了。不过我们也不可忘记，圣海伦斯火山爆发，如果风向稍偏一点，西市也会变得灰头土脸。

对于一个爱花木的人来说，两城各有千秋。西市有著名的州花山杜鹃，繁花如簇，光艳照人，几乎没有一家庭园间不有几棵点缀。此外如茶花、玫瑰、辛夷、球茎海棠，也都茁壮可喜。此地花厂很多，规模大而品类繁。最难得的是台湾气候养不好的牡丹，此地偶可一见。友人马逢华伉俪精心培植了几株牡丹，黄色者尤为高雅，我今年来此稍迟，枝头仅余一朵，蒙剪下见贻，案头瓶供，五日而谢。严格讲，台北气候、土壤似不特宜莳花，但各地名花荟萃于是。如台北选举市花，窃谓杜鹃宜推魁首。这杜鹃不同于西市的山杜鹃，体态轻盈小巧，而又耐热耐干。台北艺兰之风甚盛，洋兰、蝴蝶兰、石斛兰都穷极娇艳，到处有之，唯花美叶美而又有淡淡幽香者为素心兰，此所以被人称为“君子之香”而又可以入画。水仙也是台北一绝，每适新年，岁朝清供之中，凌波仙子为必不可少之一员。以视西市之所谓水仙，路旁泽畔一大片一大片的临风招展，其情趣又大不相同。

夜不闭户，路不拾遗，乃想象中的大同世界，古今中外从来没有过一个地方真正实现过。人性本有善良一面、丑恶一面，故人群中欲其“不稂不莠”，实不可能。大体上能保持法律与秩序，大多数人民能安居乐业，就算是治安良好，其形态、其程度在各地容有不同而已。

台北之治安良好是举世闻名的。我于三十几年之中，只轮到一次独行盗公然登堂入室，抢夺了一只手表和一把钞票，而且他于十二小时内落网，于十二日内伏诛。而且，在我奉传指证人犯的时候，他还对我说了一声“对不起”。至于剪绺扒窃之徒，则何处无之？我于三十几年中只失落了三支自来水笔，一次是在动物园看蛇吃鸡，一次是在公共汽车里，一次是在成都路行人道上。都怪自己不小心。此外家里蒙贼光顾若干次，一共只损失了两具大同电锅，也许是因为寒舍实在别无长物。“大搬家”的事常有所闻，大概是其中琳琅满目值得一搬。台北民房窗上多装铁栅，其状不雅，火警时难以逃生，久为中外人士所诟病。西市的屋窗皆不装铁栏，而且没有围墙，顶多设短栏栅防狗。可是我在西市下榻之处，数年内即有三次昏夜中承蒙嬉皮之类的青年以啤酒瓶砸烂玻璃窗，报警后，警车于数分钟内到达，开一报案号码由事主收执，此后也就没有下文。衙门机关的大扇门窗照砸，私人家里的窗户算得什么！银行门口大型盆树也有人黄夜搬走。

不过说来这都是癣疥之疾。明火抢银行才是大案子，西市也发生过几起，报纸上轻描淡写，大家也司空见惯，这是台北所没有的事。

“台北市虎”目中无人，尤其是拼命三郎所骑的嘟嘟响冒青烟的机车，横冲直撞，见缝就钻，红砖道上也常如虎出柙。谁以为斑马线安全，谁可能吃眼前亏。有人说这里的交通秩序之乱甲于全球，我没有周游过世界，不敢妄言。西市的情形则确是两样，不晓得一般驾车的人为什么那样的服从成性，见了“停”字就停，也不管前面有无行人车辆。时常行人过街，驾车的人停车向你点头挥手，只是没听见他说“您请！您请！”我也见过两车相撞，奇怪的是两方并未骂街，从容的交换姓名、住址及保险公司的行号，分别离去，不伤和气。也没有聚集一大堆人看热闹。可是谁也不能不承认，台北的计程车满街跑，呼之即来，方便之极。虽然这也要靠运气，可能司机先生蓬首垢面、跣足拖鞋，也可能嫌你路程太短而怨气冲天，也可能他的车座年久失修而坑洼不平，也可能他烟瘾大发而火星烟屑飞落到你的胸襟，也可能他看你可欺而把车开到荒郊野外掏出一把起子而对你强……不过这是难得一遇的事。在台北坐计程车还算是安全的，比行人穿越马路要安全得多。西市计程车少，是因为私有汽车太多，物以稀为贵，所以清早要雇车到飞机场，需要前一晚就要洽约，而且车费也很高昂，不过不像我们桃园机场的车那样的乱。

吃在台北，一说起来就会令许多老饕流涎三尺。大小餐馆林立，各种口味都有。有人说中国的烹饪艺术只有在台湾能保持于不坠。这个说起来话长。目前在台北的厨师，各省籍的都有，而所谓北方的、宁浙的、广东的、四川的等等餐馆掌勺的人，一大部分未必是师承有自的行家，很可能是略窥门径的“二把刀”。点一个辣子鸡、醋溜鱼、红烧鲍鱼、回锅肉……立即就可以品出其中含有多少家乡风味。也许是限于调货，手艺不便施展。例如烤鸭，就没有一家能够水准，因为根本没有那种适宜于烤的鸭。大家思乡嘴馋，依稀仿佛之中觉得聊胜于无而已。整桌的酒席，内容丰盛近于奢靡，可置不论。平民食物，事关大众，才是我们所最关心的。台北的小吃店大排档常有物美价廉的各地食物。一般而论，人民食物在质量上尚很充分，唯在营养、卫生方面则尚有待改进。一般的厨房炊具、用具、洗涤、储藏，都不够清洁。有人进餐厅，先察看其厕所及厨房，如不满意，回头就走，至少下次不再问津。我每天吃油条烧饼，有人警告我：“当心烧饼里有老鼠屎！”我翌日细察，果然不诬，吓得我好久好久不敢尝试，其实看看那桶既浑且黑的洗碗水，也就足以令人趑趄不前了。

美国的食物，全国各地无大差异。常听人讥评美国人，文化浅，不会吃。有人初到美国留学，穷得日以罐头充饥，遂以为美国人的食物与狗食无大差异。事实上，有些嬉皮还真是常吃狗食罐头，以表示其箪食瓢饮的风度。美国人不善烹调，也是事实，不过以他们的聪明才智，如肯下工夫于调和鼎鼐，恐亦未必逊于其他国家。他们的生活紧张，凡事讲究快速和效率，普通工作的人，午餐时间由半小时至一小时，我没听说过身心健全的人还有所谓午睡。他们的吃食简单，他们也有类似便当的食盒，但是我没听说过蒸热便当再吃。

他们的平民食物是汉堡三文治、热狗、炸鸡、炸鱼、皮萨等等，价廉而快速简便，随身有五指钢叉，吃过抹抹嘴就行了。说起汉堡三文治，我们台北也有，但是偷工减料，相形见绌。麦唐奴的大型汉堡（“BigMac”），里面油多肉多菜多，厚厚实实，拿在手里滚热，吃在口里喷香。我吃过两次赫尔飞的咸肉汉堡三文治，体形更大，双层肉饼，再加上几条部分透明的咸肉、蕃茄、洋葱、沙拉酱，需要把嘴张大到最大限度方能一口咬下去。西市滨海，蛤王、蟹王、各种鱼、虾，以及江瑶柱等等，无不鲜美。台北有蚵仔煎，西市有蚵羹，差可媲美。堪塔基炸鸡，面糊有秘方，台北仿制像是东施效颦一无是处。西市餐馆不分大小，经常接受清洁检查，经常有公开处罚勒令改进之事，值得令人喝彩，卫生行政人员显然不是尸位素餐之辈。

台北的牛排馆不少，但是求其不像是皮鞋底而能咀嚼下咽者并不多觏。西市的牛排大致软韧合度而含汁浆。居民几乎家家后院有烤肉的设备，时常一家烤肉三家香，不必一定要到海滨、山上去燔炙，这种风味不是家居台北者所能领略的。

西雅图地广人稀，历史短而规模大，住宅区和商业区有相当距离。五十多万人口，就有好几十处公园。市政府与华盛顿大学共有的植物园就在市中心区，真所谓闹中取静，尤为难得可贵。海滨的几处公园，有沙滩，可以掘蛤，可以捞海带，可以观赏海鸥飞翔，渔舟点点。义勇兵公园里有艺术馆（门前立着的石兽翁仲是从中国搬去的），有温室（内有台湾的兰花）。到处都有原始森林保存剩下的参天古木。西市是美国北部荒野边陲开辟出来的一个现代都市。我们的台北是一个古老的城市，突然繁荣发展，以致到处有张皇失措的现象。房地价格在西市以上。楼上住宅，楼下可能是乌烟瘴气的汽车修理厂，或是铁工厂，或是洗衣店。横七竖八的市招令人眼花缭乱。

大街道上摊贩云集，是台北的一景，其实这也是古老传统“市集”的遗风。古时日中为市，我们是入夜摆摊。警察来则哄然而逃，警察去则蜂然复聚。买卖双方怡然称便。有几条街的摊贩已成定型，各有专营的行当，好像没有人取缔。最近，一些学生也参加了行列，声势益发浩大。西市没有摊贩之说，人穷急了抢银行，谁肯搏此蝇头之利？不过海滨也有一个少数民族麇集的摊贩市场，卖鱼鲜、菜蔬、杂货之类，还不时的有些大胡子青年弹吉他唱曲，在那里助兴讨钱。有一回我在那里的街头徘徊，突闻一缕异香袭人，发现街角有摊车小贩，卖糖炒栗子，要二角五分一颗，他是意大利人。这和我们台北沿街贩卖烤白薯的情形颇为近似。也曾看见过推车子卖油炸圈饼的。夏季，住宅区内，偶有三轮汽车铃响的缓缓而行，逗孩子们从家门飞奔出来买冰淇淋。除此以外，住宅区一片寂静，巷内少人行，门前车马稀，没听过汽车喇叭响，哪有我们台北热闹？

西市盛产木材，一般房屋都是木造的，木料很坚实，围墙栅栏也是木造的居多。一般住家都是平房，高楼公寓并不多见。这和我们的四层公寓、七层大厦的景况不同。因此，家家都有前庭后院，家家都割草莳花，而很难得一见有人在阳光下晒晾衣服。讲到衣服，美国人很不讲究，大概只有银行职员、政府官吏、公司店伙才整套西装打领结。如果遇到一个中国人服装整齐，大概可以料想他是刚从台湾来。从前大学校园里，教授的特殊标帜是打领结，现亦不复然，也常是随随便便的一副褦襶相。所谓“汽车房旧物发卖”或“慈善性义卖”之类，有时候五角钱可以买到一件外套，一元钱可以买到一身西装，还相当不错。

西市的垃圾处理是由一家民营公司承办。每星期固定一日有汽车挨户收取，这汽车是密闭的，没有我们台北垃圾车之《少女的祈祷》的乐声，司机一声不响跳下车来把各家门前的垃圾桶扛在肩上往车里一丢，里面的机关发动就把垃圾碾碎了。在台北，一辆垃圾车配有好几位工人，大家一面忙着搬运一面忙着做垃圾分类的工作，塑胶袋放在一堆，玻璃瓶又是一堆，厚纸箱又是一堆。最无用的垃圾运到较偏僻的地方摊开来，还有人做第二梯次的爬梳工作。

西市的人喜欢户外生活，我们台北的人好像是偏爱室内的游戏。西市湖滨游艇蚁聚，好多汽车顶上驮着机船满街跑。到处有人清晨慢跑，风雨无阻。滑雪、爬山、露营，青年人趋之若骛。山难之事似乎大不听说。

不知是谁造了“月亮外国的圆”这样一句俏皮的反语，挖苦盲目崇洋的人。偏偏又有人喜欢搬出杜工部的一句诗“月是故乡圆”，这就有点画蛇添足了。何况杜诗原意也不是说故乡的月亮比异地的圆，只是说遥想故乡此刻也是月圆之时而已。我所描写的双地，瑕瑜互见，也许，揭了自己的疮疤，长了他人的志气，也许，没有违反见贤思齐闻过则喜的道理，唯读者谅之。

读书做人

黄山谷说："人不读书，
则尘俗生其间，照镜则面目可憎，
对人则语言无味。"
细味其言，觉得似有道理。

漫谈读书

我们现代人读书真是幸福。古者“著于竹帛谓之书”，竹就是竹简，帛就是缣素。书是稀罕而珍贵的东西。一个人若能垂于竹帛，便可以不朽。孔子晚年读《易》，韦编三绝，用韧皮贯联竹简，翻来翻去以至于韧皮都断了，那时候读书多么吃力！后来有了纸，有了毛笔，书的制作比较方便，但在印刷之术未行以前，书的流传完全是靠抄写。我们看看唐人写经，以及许多古书的钞本，可以知道一本书得来非易。自从有了印刷术，刻版、活字、石印、影印，乃至于显微胶片，读书的方便无以复加。

物以稀为贵。但是书究竟不是普通的货物。书是人类的智慧的结晶，经验的宝藏，所以尽管如今满坑满谷的都是书，书的价值不是用金钱可以衡量的。价廉未必货色差，畅销未必内容好。书的价值在于其内容的精到。宋太宗每天读《太平御览》等书二卷，漏了一天则以后追补。他说：“开卷有益，朕不以为劳也。”这是“开卷有益”一语之由来。《太平御览》采集群书一千六百余种，分为五十五门，历代典籍尽萃于是，宋太宗日理万机之暇日览两卷，当然可以说是“开卷有益”。如今我们的书太多了，纵不说粗制滥造，至少是种类繁多，接触的方面甚广。我们读书要有抉择，否则不但无益而且浪费时间。

那么读什么书呢？这就要看各人的兴趣和需要。在学校里，如果能在教师里遇到一两位有学问的，那是最幸运的事，他能适当的指点我们读书的门径。离开学校就只有靠自己了。读书，永远不恨其晚。晚，比永远不读强。有一个原则也许是值得考虑的：作为一个道地的中国人，有些部书是非读不可的。这与行业无关，理工科的、财经界的、文法门的，都需要读一些蔚成中国文化传统的书。经书当然是其中重要的一部分，史书也一样的重要。盲目的读经不可以提倡，意义模糊的所谓“国学”亦不能餍现代人之望。一系列的古书是我们应该以现代眼光去了解的。

黄山谷说：“人不读书，则尘俗生其间，照镜则面目可憎，对人则语言无味。”细味其言，觉得似有道理。事实上，我们所看到的人，确实是面目可憎语言无味的居多。我曾思索，其中因果关系安在？何以不读书便面目可憎语言无味？我想也许是因为读书等于是尚友古人，而且那些古人著书立说必定是一时才俊，与古人游不知不觉受其熏染，终乃收改变气质之功，境界既高，胸襟既广，脸上自然透露出一股清醇爽朗之气，无以名之，名之曰书卷气。同时在谈吐上也自然高远不俗。反过来说，人不读书，则所为何事，大概是陷身于世网尘劳，困厄于名缰利锁，五烧六蔽，苦恼烦心，自然面目可憎，焉能语言有味?

当然，改变气质不一定要靠读书。例如，艺术家就另有一种修为。“伯牙学琴于成连先生，三年不成。成连言吾师方子春今在东海中，能移人情。乃与伯牙偕往，到蓬莱山，留伯牙宿，曰：‘子居习之，吾将迎师。’刺船而去，旬时不返。伯牙延望无人，但闻海水洞崩坼之声，山林窅冥，群鸟悲号，怆然叹曰：‘先生将移我情。’乃援琴而歌，曲成，成连刺船迎之而返。伯牙之琴，遂妙天下。”这一段记载，写音乐家之被自然改变气质，虽然神秘，不是不可理解的。禅宗教外别传，根本不立文字，靠了顿悟即能明心见性。这究竟是生有异禀的人之超绝的成就。以我们一般人而言，最简便的修养方法还是读书。

书，本身就有情趣，可爱，大大小小形形色色的书，立在架上，放在案头，摆在枕边，无往而不宜。好的版本尤其可喜。我对线装书有一分偏爱。吴稚晖先生曾主张把线装书一律丢在茅厕坑里，这偏激之言令人听了不大舒服。如果一定要丢在茅厕坑里，我丢洋装书，舍不得丢线装书。可惜现在线装书很少见了，就像穿长袍的人一样的稀罕。几十年前我搜求杜诗版本，看到古逸丛书影印宋版蔡孟弼《草堂诗笺》，真是爱玩不忍释手， 想见原本之版面大，刻字精，其纸张墨色亦均属上选。在校勘上笺注上此书不见得有多少价值，可是这部书本身确是无上的艺术品。

好书谈

从前有一个朋友说，世界上的好书，他已经读尽，似乎再没有什么好书可看了。当时许多别的朋友不以为然，而较长一些的朋友就更以为狂妄。现在想想，却也有些道理。

世界上的好书本来不多，除非爱书成癖的人（那就像抽鸦片抽上瘾一样的），真正心悦诚服的手不释卷，实在有些稀奇。还有一件最令人气短的事，就是许多最伟大的作家往往没有什么凭借，但却做了后来二三流的人的精神上的财源了。柏拉图、孔子、屈原，他们一点一滴，都是人类的至宝，可是要问他们从谁学来的，或者读什么人的书而成就如此，恐怕就是最善于说谎的考据家也束手无策。这事有点儿怪！难道真正伟大的作家，读书不读书没有什么关系么？读好书或读坏书也没有什么影响么？

叔本华曾经说好读书的人就好像惯于坐车的人，久而久之，就不能在思想上迈步了。这真唤醒人的迷梦不小！小说家瓦塞曼竟又说过这样的话，认为倘若为了要鼓起创作的勇气，只有读二流的作品。因为在读二流的作品的时候，他可以觉得只要自己一动手就准强。倘读第一流的作品却往往叫人减却了下笔的胆量。这话也不能说没有部分的真理。

也许世界上天生有种人是作家，有种人是读者。这就像天生有种人是演员，有种人是观众；有种人是名厨，有种人却是所谓老饕。演员是不是十分热心看别人的戏，名厨是不是爱尝别人的菜，我也许不能十分确切地肯定，但我见过一些作家，却确乎不大爱看别人的作品。如果是同时代的人，更如果是和自己的名气不相上下的人，大概尤其不愿意寓目。我见过一个名小说家，他的桌上空空如也，架上仅有的几本书是他自己的新著，以及自己所编过的期刊。我也曾见过一个名诗人（新诗人）。他的惟一读物是《唐诗三百首》，而且在他也尽有多余之感了。这也不一定只是由于高傲，如果分析起来，也许是比高傲还复杂的一种心理。照我想，也许是真像厨子（哪怕是名厨），天天看见油锅油勺，就腻了。除非自己逼不得已而下厨房，大概再不愿意去接触这些家伙，甚而不愿意见一些使他可以联想到这些家伙的物事。职业的辛酸，也有时是外人不晓得的。唐代的阎立本不是不愿意自己的儿子再做画师么？以教书为生活的人，也往往看见别人在声嘶力竭的讲授，就会想到自己，于是觉得“惨不忍闻”。做文章更是一桩呕心血的事，成功失败都要有一番产痛，大概因此之故不忍读他人的作品了。

撇开这些不说，站在一个纯粹读者的角度而论，却委实有好书不多的实感。分量多的书，糟粕也就多。读读杜甫的选集十分快意，虽然有些佳作也许漏过了选者的眼光。读全集怎么样？叫人头痛的作品依然不少。据说有把全集背诵一字不遗的人，我想这种人不是缺乏美感，就只是为了训练记忆。顶讨厌的集子更无过于陆放翁，分量那么大，而佳作却真寥若晨星。反过来，《古诗十九首》，郭璞《游仙诗》十四首却不能不叫人公认为人类的珍珠宝石。钱钟书的小说里曾说到一个产量大的作家，在房屋恐慌中，忽然得到一个新居，满心高兴，谁知一打听，才知道是由于自己的著作汗牛充栋的结果，把自己原来的房子压塌，而一直落在地狱里了。这话诚然有点儿刻薄，但也许对于像陆放翁那样不知趣的笨伯有一点点儿益处。

古今来的好书，假若让我挑选，我举不出十部。而且因为年龄环境的不同，也不免随时有些更易。单就目前论，我想是：《柏拉图对话录》《论语》《史记》《世说新语》《水浒传》《庄子》《韩非子》，如此而已。其他的书名，我就有些踌躇了。或者有人问：你自己的著作可以不可以列上？我很悲哀，我只有毫不踌躇的放弃附骥之想了。一个人有勇气（无论是糊涂或欺骗）是可爱的，可惜我不能像上海某名画家，出了一套世界名画选集，却只有第一本，那就是他自己的“杰作”！

书房

书房，多么典雅的一个名词！很容易令人联想到一个书香人家。书香是与铜臭相对待的。其实书未必香，铜亦未必臭。周彝商鼎，古色斑斓，终日摩挲亦不觉其臭，铸成钱币才沾染市侩味，可是不复流通的布泉刀错又常为高人赏玩之资。书之所以为香，大概是指松烟油墨印上了毛边连史，从不大通风的书房里散发出来的那一股怪味，不是桂馥兰薰，也不是霉烂馊臭。是一股混合的难以形容的怪味。这种怪味只有书房里才有，而只有士大夫人家才有书房。书香人家之得名大概是以此。

寒窗之下苦读的学子多半是没有书房，囊萤凿壁的就更不用说。所以对于寒苦的读书人，书房是可望而不可即的豪华神仙世界。伊士珍《琅嬛记》："张华游于洞宫，遇一人引至一处，别是天地，每室各有奇书，华历观诸室书，皆汉以前事，多所未闻者，问其地，曰：'琅嬛福地也。'"这是一位读书人希求冥想一个理想的读书之所，乃托之于神仙梦境。其实除了赤贫的人饔飧不继谈不到书房外，一般的读书人，如果肯要一个书房，还是可以好好布置出一个来的。有人分出一间房子养来亨鸡，也有人分出一间房子养狗，就是匀不出一间做书房。我还见过一位富有的知识分子，他不但没有书房，也没有书桌，我亲见他的公子趴在地板上读书，他的女公子用一块木板在沙发上写字。

一个正常的良好的人家，每个孩子应该拥有一个书桌，主人应该拥有一间书房。书房的用途是庋藏图书并可读书写作于其间，不是用以公开展览借以骄人的。“丈夫拥有万卷书，何假南面百城！”这种话好像是很潇洒而狂傲，其实是心尚未安无可奈何的解嘲语，徒见其不丈夫。书房不在大，亦不在设备佳，适合自己的需要便是。局促在几尺宽的走廊一角，只要放得下一张书桌，依然可以作为一个读书写作的工厂，大量出货。光线要好，空气要流通，红袖添香是不必要的，既没有香，“素腕举，红袖长”反倒会令人心有别注。书房的大小好坏，和一个读书写作的成绩之多少高低，往往不成正比例。有好多著名作品是在监狱里写的。

我看见过的考究的书房当推宋春舫先生的褐木庐为第一，在青岛的一个小小的山头上，这书房并不与其寓邸相连，是单独的一栋。环境清幽，只有鸟语花香，没有尘嚣市扰。《太平清话》：“李德茂环积坟籍，名曰书城。”我想那书城未必能和褐木庐相比。在这里，所有的图书都是放在玻璃柜里，柜比人高，但不及栋。我记得藏书是以法文戏剧为主。所有的书都是精装，不全是 buckram（胶硬粗布），有些是真的小牛皮装订（half calf，ooze calf，etc.），烫金的字在书脊上排着队闪闪发亮。也许这已经超过了书房的标准，微近于藏书楼的性质，因为他还有一册精印的书目，普通的读书人谁也不会把他书房里的图书编目。

周作人先生在北平八道湾的书房，原名苦雨斋，后改为苦茶庵，不离苦的味道。小小的一幅横额是沈尹默写的，是北平式的平房，书房占据了里院上房三间，两明一暗。里面一间是知堂老人读书写作之处，偶然也延客品茗。几净窗明，一尘不染。书桌上文房四宝井然有致。外面两间像是书库，约有十个八个书架立在中间，图书中西兼备，日文书数量很大。真不明白苦茶庵的老和尚怎么掉进了泥淖一辈子洗不清！

闻一多的书房，和“闻一多先生的书桌”一样，充实、有趣而乱。他的书全是中文书，而且几乎全是线装书。在青岛的时候，他仿效青岛大学图书馆庋藏中文图书的办法，给成套的中文书装制蓝布面，用白粉写上宋体字的书名，直立在书架上。这样的装备应该是很整齐可观，但是主人要做考证，东一部西一部的图书便要从书架上取下来参加獭祭的行列了，其结果是短榻上、地板上，唯一的一把木根雕制的太师椅上，全都是书。那把太师椅玲珑橳硬，可以入画，不宜坐人，其实亦不宜于堆书，却是他书斋中最惹眼的一个点缀。

潘光旦在清华南院的书房另有一种情趣。他是以优生学专家的素养来从事我国谱牒学研究的学者，他的书房收藏这类图书极富。他喜欢用书护，那就是用两块木板将一套书夹起来，立在书架上。他在每套书系上一根竹制的书笺，笺上写着书名。这种书笺实在很别致，不知杜工部《将赴草堂途中有作》所谓“书笺药里封尘网”的书笺是否即系此物。光旦一直在北平，失去了学术研究的自由，晚年丧偶，又复失明，想来他书房中那些书笺早已封尘网了！

汗牛充栋，未必是福。丧乱之中，牛将安觅？多少爱书的人士都把他们苦心聚集的图书抛弃了，而且再也鼓不起勇气重建一个像样的书房。藏书而充栋，确有其必要，例如从前我家有一部小字本的图书集成，摆满上与梁齐的靠在整垛山墙的书架，取上层的书须用梯子，爬上爬下很不方便，可以充栋的书架有时仍是不可少。我来台湾后，一时兴起，兴建了一个连在墙上的大书架，邻居绸缎商来参观，叹曰；“造这样大的木架有什么用，给我摆列绸缎尺头倒还合用。”他的话是不错的，书不能令人致富。书还给人带来麻烦，能像郝隆那样七月七日在太阳底下晒肚子就好，否则不堪衣食之扰，真不如尽量地把图书塞入腹笥，晒起来方便，运起来也方便。如果图书都做成“显微胶片”纳入腹中，或者放映在脑子里，则书房就成为不必要的了。

时间即生命

最令人怵目惊心的一件事，是看着钟表上的秒针一下一下地移动，每移动一下就是表示我们的寿命已经缩短了一部分。再看看墙上挂着的可以一张张撕下的日历，每天撕下一张就是表示我们的寿命又缩短了一天。因为时间即生命。没有人不爱惜他的生命，但很少人珍视他的时间。如果想在有生之年做一点什么事，学一点什么学问，充实自己，帮助别人，使生命成为有意义，不虚此生，那么就不可浪费光阴。这道理人人都懂，可是很少人真能积极不懈地善于利用他的时间。

我自己就是浪费了很多时间的一个人。我不打麻将，我不经常地听戏看电影，几年中难得一次，我不长时间看电视，通常只看半个小时，我也不串门子闲聊天。有人问我："那么你大部分时间都做了些什么呢？"我痛自反省，我发现，除了职务上的必须及人情上所不能免的活动之外，我的时间大部分都浪费了。我应该集中精力，读我所未读过的书，我应该利用所有时间，写我所要写的东西，但是我没能这样做。我的好多的时间都糊里糊涂地混过去了，“少壮不努力，老大徒伤悲”。

例如我翻译莎士比亚，本来计划于课余之暇每年翻译两部，二十年即可完成，但是我用了三十年，主要的原因是懒。翻译之所以完成，主要的是因为活得相当长久，十分惊险。翻译完成之后，虽然仍有工作计划，但体力渐衰，有力不从心之感。假使年轻的时候鞭策自己，如今当有较好或较多的表现。然而悔之晚矣。

再例如，作为一个中国人，经书不可不读。我年过三十才知道读书自修的重要。我披阅，我圈点，但是恒心不足，时作时辍。五十以学易，可以无大过矣，我如今年过八十，还没有接触过《易经》，说来惭愧。史书也很重要。我出国留学的时候，我父亲买了一套同文石印的前四史，塞满了我的行箧的一半空间，我在外国混了几年之后又把前四史原封带回来了。直到四十年后才鼓起勇气读了《通鉴》一遍。现在我要读的书太多，深感时间有限。

无论做什么事，健康的身体是基本条件。我在学校读书的时候，有所谓“强迫运动”，我踢破过几双球鞋，打断过几只球拍。因此侥幸维持下来最低限度的体力。老来打过几年太极拳，目前则以散步活动筋骨而已。寄语年轻朋友，千万要持之以恒地从事运动，这不是嬉戏，不是浪费时间。健康的身体是做人做事的真正的本钱。

谦让

谦让仿佛是一种美德，若想在眼前的实际生活里寻一个具体的例证，却不容易。类似谦让的事情近来似很难得发生一次。就我个人的经验说，在一般宴会里，客人入席之际，我们最容易看见类似谦让的事情。

一群客人挤在客厅里，谁也不肯先坐，谁也不肯坐首座，好像“常常登上座，渐渐入祠堂”的道理是人人所不能忘的。于是你推我让，人声鼎沸。辈分小的，官职低的，垂着手远远地立在屋角，听候调遣。自以为有占首座或次座资格的人，无不攘臂而前，拉拉扯扯，不肯放过他们表现谦让的美德的机会。有的说：“我们叙齿，你年长！”有的说：“我常来，你是稀客！”有的说：“今天非你上座不可！”事实固然是为让座，但是当时的声浪和唾沫星子却都表示像在争座。主人腼着一张笑脸，偶然插一两句嘴，做鹭鸶笑。这场纷扰，要直到大家的兴致均已低落，该说的话差不多都已说完，然后急转直下，突然平息，本就该坐上座的人便去就了上座，并无苦恼之相，而往往是显着踌躇满志顾盼自雄的样子。

我每次遇到这样谦让的场合，便首先想起聊斋上的一个故事：一伙人在热烈地让座，有一位扯着另一位的袖子，硬往上拉，被拉的人硬往后躲，双方势均力敌，突然间拉着袖子的手一松，被拉的那只胳臂猛然向后一缩，胳臂肘尖正撞在后面站着的一位驼背朋友的两只特别凸出的大门牙上，喀吱一声，双牙落地！我每忆起这个乐极生悲的故事，为明哲保身起见，在让座时我总躲得远远的。等风波过后，剩下的位置是我的，首座也可以，坐上去并不头晕，末座亦无妨，我也并不因此少吃一嘴。我不谦让。

考让座之风之所以如此地盛行，其故有二。第一，让来让去，每人总有一个位置，所以一面谦让，一面稳有把握。假如主人宣布，位置只有十二个，客人却有十四位，那便没有让座之事了。第二，所让者是个虚荣，本来无关宏旨，凡是半径都是一般长，所以坐在任何位置（假如是圆桌）都可以享受同样的利益。假如明文规定，凡坐过首席若干次者，在铨叙上特别有利，我想让座的事情也就少了。我从不曾看见，在长途公共汽车车站售票的地方，如果没有木制的长栅栏，而还能够保留一点谦让之风！因此我发现了一般人处世的一条道理，那便是：可以无须让的时候，则无妨谦让一番，于人无利，于己无损；在该让的时候，则不谦让，以免损己；在应该不让的时候，则必定谦让，于己有利，于人无损。

小时候读到孔融让梨的故事，觉得实在难能可贵，自愧弗如。一只梨的大小，虽然是微屑不足道，但对于一个四五岁的孩子，其重要或者并不下于一个公务员之心理盘算简、荐、委。有人猜想，孔融那几天也许肚皮不好，怕吃生冷，乐得谦让一番。我不敢这样妄加揣测。不过我们要承认，利之所在，可以使人忘形，谦让不是一件容易的事。孔融让梨的故事，发扬光大起来，确有教育价值，可惜并未发生多少实际的效果：今之孔融，并不多见。

谦让作为一种仪式。并不是坏事，像天主教会选任主教时所举行的仪式就满有趣。就职的主教照例的当众谦逊三回，口说“Nolo episcopari”意即“我不要当主教”，然后照例地敦促三回终于勉为其难了。我觉得这样的仪式比宣誓就职之后再打通电话声明固辞不获要好得多。谦让的仪式行久了之后，也许对于人心有潜移默化之功，使人在争权夺利奋不顾身之际，不知不觉地也举行起谦让的仪式。可惜我们人类的文明史尚短，潜移默化尚未能奏大效，露出原始人的狰狞面目的时候要比雍雍穆穆地举行谦让仪式的时候多些。我每次从公共汽车售票处杀进杀出，心里就想先王以礼治天下，实在有理。

“旁若无人”

在电影院里，我们大概都常遇到一种不愉快的经验。在你聚精会神地静坐着看电影的时候，会忽然觉得身下坐着的椅子颤动起来，动得很匀，不至于把你从座位里掀出去，动得很促，不至于把你颠摇入睡，颤动之快慢急徐，恰好令你觉得他讨厌。大概是轻微地震吧？左右探察震源，忽然又不颤动了。在你刚收起心来继续看电影的时候，颤动又来了。如果下决心寻找震源，不久就可以发现，毛病大概是出在附近的一位先生的大腿上。他的足尖踏在前排椅掌上，绷足了劲，利用腿筋的弹性，很优游地在那里发抖。如果这拘挛性的动作是由于羊痫风一类的病症的暴发，我们要原谅他，但是不像，他嘴里并不吐白沫。看样子也不像是神经衰弱，他的动作是能收能发的，时作时歇，指挥如意。若说他是有意使前后左右两排座客不得安生，却也不然。全是陌生人无仇无恨，我们站在被害人的立场上看，这种变态行为只有一种解释，那便是他的意志过于集中，忘记旁边还有别人，换言之，便是“旁若无人”的态度。

“旁若无人”的精神表现在日常行为上者不只一端。例如欠伸，原是常事，“气乏则欠，体倦则伸。”但是在稠人广众之中，张开血盆巨口，作吃人状，把口里的獠牙显露出来，再加上伸胳臂伸腿如演太极，那样子就不免吓人。有人打哈欠还带音乐的，其声呜呜然，如吹号角，如鸣警报，如猿啼，如鹤唳，音容并茂。《礼记》：“侍坐于君子，君子欠伸，撰杖屦，视日蚤莫，侍坐者请出矣。”是欠伸合于古礼，但亦以“君子”为限，平民岂可援引，对人伸胳臂张嘴，纵不吓人，至少令人觉得你是在逐客，或是表示你自己不能管制你自己的肢体。

邻居有叟，平常不大回家，每次归来必令我闻知。清晨有三声喷嚏，不只是清脆，而且宏亮，中气充沛，根据那声音之响我揣测必有异物入鼻，或是有人插入纸捻，那声音撞击在脸盆之上有金石声！随后是大排场的漱口，真是排山倒海，犹如骨鲠在喉，又似苍蝇下咽。再随后是三餐的饱嗝，一串串的咚声，像是下水道不甚畅通的样子。可惜隔着墙没能看见他剔牙，否则那一份刮垢磨光的钻探工程，场面也不会太小。

这一切“旁若无人”的表演究竟是偶然突发事件，经常令人困恼的乃是高声谈话。在喊救命的时候。声音当然不嫌其大。除非是脖子被人踩在脚底下，但是普通的谈话似乎可以令人听见为度，而无需一定要力竭声嘶地去振聋发聩。生理学告诉我们，发音的器官是很复杂的，说话一分钟要有九百个动作，有一百块筋肉在弛张，但是大多数人似乎还嫌不足，恨不得嘴上再长一个扩大器。有个外国人疑心我们国人的耳鼓生得异样，那层膜许是特别厚，非扯着脖子喊不能听见，所以说话总是像打架。这批评有多少真理，我不知道。不过我们国人会嚷的本领，是谁也不能否认的。电影场里电灯初灭的时候，总有几声：“嗳哟，小三儿，你在哪儿哪？”在戏院里。演员像是演哑剧。大锣大鼓之声依稀可闻，主要的声音是观众鼎沸，令人感觉好像是置身蛙塘。在旅馆里，好像前后左右都是庙会，不到夜深休想安眠，安眠之后难免没有响皮底的大皮靴，毫无惭愧地在你门前踱来踱去。天未大亮，又有各种市声前来侵扰。一个人大声说话，是本能；小声说话，是文明。以动物而论，狮吼，狼嗥，虎啸，驴鸣，犬吠，即是小如促织蚯蚓，声音都不算小，都不会像人似的有时候也会低声说话。大概文明程度愈高，说话愈不以声大见长。群居的习惯愈久，愈不容易存留“旁若无人”的幻觉。我们以农立国，乡间地旷人稀，畎亩阡陌之间，低声说一句“早安”是不济事的，必得扯长了脖子喊一声：“你吃过饭啦？”可怪的是，在人烟稠密的所在，人的喉咙还是不能缩小。更可异的是，纸驴嗓、破锣嗓、喇叭嗓、公鸡嗓，并不被一般地认为是缺陷，而且麻衣相法还公然地说，声音洪亮者主贵！

叔本华有一段寓言：

一群豪猪在一个寒冷的冬天挤在一起取暖，但是他们的刺毛开始互相击刺，于是不得不分散开。可是寒冷又把他们驱在一起，于是同样的事故又发生了。最后，经过几番的聚散。他们发现最好是彼此保持相当的距离。同样的，群居的需要使得人形的豪猪聚在一起，只是他们本性中的带刺的令人不快的刺毛使得彼此厌恶。他们最后发现的使彼此可以相安的那个距离，便是那一套礼貌；凡违犯礼貌者便要受严词警告——用英语来说——请保持相当距离。用这方法，彼此取暖的需要只是相当的满足了；可是彼此可以不至互刺。自己有些暖气的人情愿走得远远的，既不刺人，又可不受人刺。

逃避不是办法。我们只是希望人形的豪猪时常地提醒自己：这世界上除了自己还有别人，人形的豪猪既不止我一个，最好是把自己的大大小小的刺毛收敛一下，不必像孔雀开屏似的把自己的刺毛都尽量地伸张。

钱的教育

《乌托邦》的作者告诉我们说，在理想的国里，小孩子拿金钱当做玩具，孩子们你可以由性的大把的抓钱，顺手丢来丢去的玩。其用意在使孩子把金钱看成司空见惯的东西，久之便觉得金钱这东西稀松平常，长大了之后自然也就不会过分的重视金钱，贪吝的毛病也就可以不至于犯了。这理想恐怕终归是个理想吧？小孩子没有不喜欢耍枪弄棒的，长大之后更容易培养出尚武的精神。小孩子没有不喜欢飞机模型的，长大之后很可能对航空发生很大的兴趣。所以幼习俎豆，长大便成圣贤，这种故事不能不说有几分道理。小时候在钱堆里打滚，大了便不爱钱，这道理我却不敢深信。

事实上一般小孩子们所受的关于钱的教育，都是培养他对于钱的爱好。我们小时候，玩的不是钱，而常常是装钱的扑满。门口过来了一个小贩，吆喝着："小盆儿啊小罐儿啊！"往往不经我们的请求，大人就给买一个瓦制的小扑满。大人告诉我们把钱一个个的放进那个小孔里面，积着，积着，积满了之后扑的一声摔碎，便可以有笔大钱。那一笔钱做什么用？从来没有人告诉我们。以我个人而论，我拿到一个扑满之后，却是被这古怪的玩艺所诱惑了，觉得怪有趣的，恨不得能立刻把它填满，我憧憬着将来有一天摔碎它时的那种快乐。我手里难得有钱，钱是在母亲屋里的大木柜里锁着的。我手里的钱只有三种来源：一是过年时的压岁钱，或是客人来时给的红纸包的钱；一是自己生辰家里长辈给的钱；一是从每日点心费里积攒下来的节余。有一点富裕的钱，便急忙投进扑满，当的一声，怪好玩的。起初我对于这个小小的储蓄银行很感兴趣，不时地取出来摇摇，从那个小孔往里面窥看。但是不久我就恍然，我是被骗了。因为我在想买冰糖葫芦或是糯米藕的时候，才明白那扑满里的钱是无法取出来用的，那窟窿太小，倒是倒不出来，用刀子拔也拔不出来，要摔又不敢，我开始明白这不是一个玩具，这是一个强迫储蓄的一种陷阱。金钱这东西为什么是那样的宝贵，必须如此周密的储藏起来呢？扑满并没有给我养成储蓄的美德，它反倒帮助我对于钱产生一种神秘的感觉。

有人主张绝对不给孩子们任何零钱，一切糖果玩具都已准备齐全，当然无从令孩子们去学习挥霍的本领。铜臭是越晚沾染人的双手越好。可是这种办法也有时效的限制，一离开家之后任何孩子都会立刻感觉到钱的重要。我小的时候，每天上学口袋里放两个铜板，到学校可以买两套烧饼油条做早点吃，我本来也没有别的其他欲望，但是过了两天，学校门口来了一个卖糯米藕的小贩，围了一圈的小顾客，我挤进去一看，那小贩正在一片一片的切着一橛赭中带紫的东西，像是藕，可是孔里又塞着东西，切好之后浇一小勺红糖汁和一小勺桂花，令人馋涎欲滴！我咽了一口唾沫之后，退出来了。第二天仗着胆子去买一碟尝尝，却料不到起码要四个铜板才肯卖。我忍了两天没吃早点换到了一碟这个无名的美味。这是我有生以来第一次感觉到钱的用处，第一次感觉到没有钱的苦处。我相当的了解了钱的神秘。

钱的用处比较的容易明白，钱从什么地方来，便比较难以了解。父母的柜子里、皮包里不断的有钱的补充。但是从哪里来的呢？有人主张用实验的方法教导孩子：不工作便没有钱。于是他们鼓励孩子们服务，按服务的多寡优劣而付给报酬。芟除庭草，一角钱；汲水浇花，一角钱；看家费，一角钱；投邮费，一角钱……这种办法有好处，可以让孩子知道钱不是白给的，是劳动换来的。但是也有流弊，“没有钱便不工作”。我看见过很多人家的孩子，不给钱便不肯写每天一页的大字，不给钱便死抱着桌脚不肯上学，不给钱便撒泼打滚，不给你一刻安静的工夫去睡午觉。这样，钱的报酬的功用已经变成贿赂的功用了！“没有钱便不工作”，这原则并不错，不过在家庭里应用起来，便抹煞了人与人之间的情分。似乎是太早的戕贼了人的性灵了。

如果把钱的教育写成一本书，我想也不过是上下二卷，上卷是钱怎样来，下卷是钱怎样去。

钱怎样来，只能由上一辈的人做一个榜样给下一辈的人看。示范的作用很大，孩子们无须很早的就实习。如果一个人的人生观和宇宙观都是从钱的方孔里塞出去的，我相信他的孩子们一定会有一套拜金主义的心理。如果一个人用各种欺骗舞弊的方法把钱弄到家里并不脸红，而且洋洋得意的自诩为能，甚而给孩子们也分润一点儿油水，我想这也就是很有效的一种教育，孩子长大必定会有从政经商的全副的本领。所谓家学渊源，在这一方面也应用得上。讲到钱的去处，孩子们的意见永远不会和上一辈的相同，年轻人总觉得父母把钱系在肋骨上，每个大钱拿下来都是血淋淋的。钱永远没有足够的时候。正当的用钱的方法，是可以从小就加以训练的。有人主张，一个家庭的经济应该对孩子们公开，月底召开一次家庭会议，懂事的孩子们全都列席，家长报告账目和预算，让大家公开讨论。在这民主的形式之下，孩子们会养成一种自尊。大姐姐本来吵着买大衣，结果会自动放弃，移做弟弟妹妹买皮鞋用；大哥哥本来争着要置自行车，结果也会自动放弃，移做冬天买煤之用。这是良好习惯的养成。钱用在比较需要的地方去。钱不但满足自己的物质的需要，钱还要顾及自己的内心的平安。这样的用钱的方法，值得一试。孩子们不一定永远是接受命令，他也可以理解。

谈友谊

朋友居五伦之末，其实朋友是极重要的一伦。所谓友谊实即人与人之间的一种良好的关系，其中包括了解、欣赏、信任、容忍、牺牲……诸多美德。如果以友谊作基础，则其他的各种关系如父子、夫妇、兄弟之类均可圆满地建立起来。当然父子、兄弟是无可选择的永久关系，夫妇虽有选择余地，但一经结合便以不再仳离为原则，而朋友则是有聚有散可合可分的。不过，说穿了，父子、夫妇、兄弟都是朋友关系，不过形式性质稍有不同罢了。严格的讲，凡是充分具备一个好朋友的条件的人，他一定也是一个好父亲、好儿子、好丈夫、好妻子、好哥哥、好弟弟。反过来亦然。

我们的古圣先贤对于交友一端是甚为注重的。《论语》里面关于交友的话很多。在西方亦是如此。罗马的西塞罗有一篇著名的《论友谊》，法国的蒙田、英国的培根、美国的爱默生，都有论友谊的文章。我觉得近代的作家在这个题目上似乎不大肯费笔墨了。这是不是叔季之世友谊没落的征象呢？我不敢说。

古之所谓“刎颈交”，陈义过高，非常人所能企及。如Damon与Pythias，David与Jonathan，怕也只是传说中的美谈罢。就是把友谊的标准降低一些，真正能称得起朋友的还是很难得。试想一想，如有银钱经手的事，你信得过的朋友能有几人？在你蹭蹬失意或疾病患难之中还肯登门拜访乃至雪中送炭的朋友又有几人？你出门在外之际对于你的妻室弱媳肯加照顾而又不照顾得太多者又有几人？再退一步，平素投桃报李，莫逆于心，能维持长久于不坠者，又有几人？总角之交，如无特别利害关系以为维系，恐怕很难在若干年后不变成为路人。富兰克林说：“有三个朋友是忠实可靠的——老妻、老狗与现款。”妙的是这三个朋友都不是朋友。倒是亚里士多德的一句话最干脆：“我的朋友们呀！世界上根本没有朋友。”这些话近于愤世嫉俗，事实上世界里还是有朋友的，不过虽然无需打着灯笼去找，却是像沙里淘金而且还需要长时间的洗炼。一旦真铸成了友谊，便会金石同坚，永不退转。

大抵物以类聚，人以群分。臭味相投，方能永以为好。交朋友也讲究门当户对，纵不必像九品中正那么严格，也自然有个界限。“同学少年多不贱，五陵裘马自轻肥”，于“自轻肥”之余还能对着往日的旧游而不把眼睛移到眉毛上边去么？汉光武容许严子陵把他的大腿压在自己的肚子上，固然是雅量可风，但是严子陵之毅然决然的归隐于富春山，则尤为知趣。朱洪武写信给他的一位朋友说：“朱元璋做了皇帝，朱元璋还是朱元璋……”话自管说得漂亮，看看他后来之诛戮功臣，也就不免令人心悸。人的身心构造原是一样的，但是一入宦途，可能发生突变。孔子说："无友不如己者。"我想一来只是指品学而言，二来只是说不要结交比自己坏的，并没有说一定要我们去高攀。友谊需要两造，假如双方都想结交比自己好的，那便永远交不起来。

好像是王尔德说过，"一个男人与一个女人之间是不可能有友谊存在的。" 就一般而论，这话是对的，因为男女之间如有深厚的友谊，那友谊容易变质，如果不是心心相印，那又算不得是友谊。过犹不及，那分际是难以把握的。忘年交倒是可能的。祢衡年未二十，孔融年已五十，便相交友，这样的例子史不绝书，但似乎是也以同性为限。并且以我所知，忘年交之形成固有赖于兴趣之相近与互相之器赏，但年长的一方面多少需要保持一点童心，年幼的一方面多少需要显着几分老成。老气横秋则令人望而生畏，轻薄儇佻则人且避之若浼。单身的人容易交朋友，因为他的情感无所寄托，漂泊流离之中最需要一个一倾积愫的对象，可是等到他有红袖添香、稚子候门的时候，心境便不同了。

"君子之交淡如水"，因为淡所以才能不腻，才能持久。"与朋友交，久而敬之。"敬也就是保持距离，也就是防止过分的亲昵。不过"狎而敬之"是很难的。最要注意的是，友谊不可透支，总要保留几分。Mark Twain说："神圣的友谊之情，其性质是如此的甜蜜、稳定、忠实、持久，可以终生不渝，如果不开口向你借钱。"这真是慨乎言之。朋友本有通财之谊，但这是何等微妙的一件事！世上最难忘的事是借出去的钱，一般认为最倒霉的事又莫过于还钱。一牵涉到钱，恩怨便很难清算得清楚，多少成长中的友谊都被这阿堵物所戕害！

规劝乃是朋友中间应有之义，但是谈何容易。名利场中，沆瀣一气，自己都难以明辨是非，哪有余力规劝别人？而在对方则又良药苦口忠言逆耳，谁又愿意让人批他的逆鳞？规劝不可当着第三者的面前行之，以免伤他的颜面，不可在他情绪不宁时行之，以免逢彼之怒。孔子说："忠告而善道之，不可则止。"我总以为劝善规过是友谊之消极的作用。友谊之乐是积极的。只有神仙与野兽才喜欢孤独，人是要朋友的。"假如一个人独自升天，看见宇宙的大观、群星的美丽，他并不能感到快乐，他必要找到一个人向他述说他所见的奇景，他才能快乐。"共享快乐，比共受患难，应该是更正常的友谊中的趣味。

脸谱

我要说的脸谱不是旧剧里的所谓“整脸”“碎脸”“三块瓦”之类，也不是麻衣相法里所谓观人八法“威、厚、清、古、孤、薄、恶、俗”之类。我要谈的脸谱，乃是每天都要映入我们眼帘的形形色色的活人的脸。旧戏脸谱和麻衣相法的脸谱，乃是一些聪明人从无数活人脸中归纳出来的几个类型公式，都是第二手的资料，可以不管。

古人云：“人心不同，各如其面。”那意思承认人面不同是不成问题的。我们不能不叹服人类创造者的技巧的神奇，差不多的五官七窍，但是部位配合，变化无穷，比七巧板复杂多了。对于什么事都讲究“统一”“标准化”的人，看见人的脸如此复杂离奇，恐怕也无法训练改造，只好由它自然发展吧！假使每一个人的脸都像是从一个模子里翻出来的，一律的浓眉大眼，一律的虎额龙隼，在排起队来检阅的时候固然甚为壮观整齐，但不便之处必定太多，那是不可想象的。

人的脸究竟是同中有异，异中有同，否则也就无所谓谱。就粗浅的经验说，人的脸大别为二种，一种是令人愉快的，一种是令人不愉快的。凡是常态的、健康的、活泼的脸，都是令人愉快的，这样的脸并不多见。令人不愉快的脸，心里有一点或很多不痛快的事，很自然的把脸拉长一尺，或是罩上一层阴霾，但是这张脸立刻形成人与人之间的隔阂，立刻把这周围的气氛变得阴沉。假如，在可能范围之内，努力把脸上的筋肉松弛一下，嘴角上挂出一个微笑，自己费力不多，而给予人的快感甚大，可以使得这人生更值得留恋一些。我永不能忘记那永长不大的孩子潘彼得，他嘴角上永远挂着一颗微笑，那是永恒的象征。一个成年人若是完全保持一张孩子脸，那也并不是理想的事，除了给“婴儿自己药片”作商标之外，也不见得有什么用处。不过赤子之天真，如在脸上还保留一点痕迹，这张脸对于人类的幸福是有贡献的。令人愉快的脸，其本身是愉快的。这与老幼妍媸无关。丑一点，黑一点，下巴长一点，鼻梁塌一点，都没有关系，只要上面漾着充沛的活力，便能辐射出神奇的光彩，不但有光，还有热，这样的脸能使满室生春，带给人们兴奋、光明、调谐、希望、欢欣。一张眉清目秀的脸，如果恹恹无生气，我们也只好当作石膏像来看待了。

我觉得那是一个很好的游戏：早起出门，留心观察眼前活动的脸，看看其中有多少类型，有几张使你看了一眼之后还想再看？

不要以为一个人只有一张脸。女人不必说，常常“上帝给她一张脸，她自已另造一张”。不涂脂粉的男人的脸，也有“卷帘”一格，外面摆着一副面孔，在适当的时候呱嗒一声如帘子一般卷起，另露出一副面孔。“杰克博士与海德先生”（Dr. Jekyll and Mr. Hyde）那不是寓言。误入仕途的人往往养成这一套本领。对下司道貌岸然，或是面部无表情，像一张白纸似的，使你无从观色，莫测高深，或是面皮绷得像一张皮鼓，脸拉得驴般长，使你在他面前觉得矮好几尺！但是他一旦见到上司，驴脸得立刻缩短，再往瘪里一缩，马上变成柿饼脸，堆下笑容，直线条全变成曲线条，如果见到更高的上司，连笑容都凝结得堆不下来，未开言嘴唇要抖上好大一阵，脸上做出十足的诚惶诚恐之状。帘子脸是傲下媚上的主要工具，对于某一种人是少不得的。

不要以为脸和身体其他部分一样的受之父母，自己负不得责。不，在相当范围内，自己可以负责的。大概人的脸生来都是和善的，因为从婴儿的脸看来，不必一定都是颜如渥丹，但是大概都是天真无邪，令人看了喜欢的。我还没见过一个孩子带着一副不得善终的脸，脸都是后来自己作践坏了的，人们多半不体会自己的脸对于别人发生多大的影响。脸是到处都有的。在送殡的行列中偶然发现的哭丧脸，作讣闻纸色，眼睛肿得桃儿似的，固然难看。一行行的囚首垢面的人，如稻草人，如丧家犬，脸上作黄蜡色，像是才从牢狱里出来，又像是要到牢狱里去，凸着两只没有神的大眼睛，看着也令人心酸。还有一大群心地不够薄脸皮不够厚的人，满脸泛着平价米色，嘴角上也许还沾着一点平价油，身穿着一件平价布，一脸的愁苦，没有一丝的笑容，这样的脸是颇令人不快的。但是这些贫病愁苦的脸还不算是最令人不愉快，因为只是消极得令人心里堵得慌，而且稍微增加一些营养（如肉糜之类）或改善一些环境，脸上的神情还可以渐渐恢复常态。最令人不快的是一些本来吃得饱、睡得着、红光满面的脸，偏偏带着一股肃杀之气，冷森森地拒人千里之外，看你的时候眼皮都不抬，嘴撇得瓢儿似的，冷不防抬起眼皮给你一个白眼，黑眼球不知翻到哪里去了，脖梗子发硬，脑壳朝天，眉头皱出好几道熨斗都熨不平的深沟——这样的神情最容易在官办的业务机关的柜台后面出现。遇见这样的人，我就觉到惶惑：这个人是不是昨天赌了一夜以致睡眠不足，或是接连着腹泄了三天，或是新近遭遇了什么闵凶，否则何以乖戾至此，连一张脸的常态都不能维持了呢？

沉默

我有一位沉默寡言的朋友。有一回他来看我，嘴边绽出微笑，我知道那就是相见礼，我肃客人座，他欣然就席。我有意要考验他的定力，看他能沉默多久，于是我也打破我的习惯，我也守口如瓶。二人默对，不交一语，壁上的时钟的答的答的声音特别响。我忍耐不住，打开一听香烟递过去，他便一支接一支的抽了起来，吧嗒吧嗒之声可闻。我献上一杯茶，他便一口一口的翕呷，左右顾盼，意态萧然。等到茶尽三碗，烟罄半听，主人并未欠伸，客人兴起告辞，自始至终没有一句话。这位朋友，现在已归道山，这一回无言造访，我至今不忘。想不到“闻所闻而来，见所见而去”的那种六朝人的风度，于今之世，尚得见之。

明张鼎思《琅琊代醉编》有一段记载：“刘器之待制对客多默坐，往往不交一谈，至于终日。客意甚倦，或谓去，辄不听，至留之再三。有问之者，曰：‘人能终日危坐，而不欠伸欹侧，盖百无一二，其能之者必贵人也。’以其言试之，人皆验。”可见对客默坐之事，过去亦不乏其例。不过所谓“主贵”之说，倒颇耐人寻味，所谓贵，一定要有一副高不可攀的神情，纵然不拒人千里之外，至少也要令人生莫测高深之感，所以处大居贵之士多半有一种特殊的本领，两眼望天，面部无表情，纵然你问他一句话，他也能听若无闻，不置可否。这样的人，如何能不贵？因为深沉的外貌，正好掩饰内部的空虚，这样的人最宜于摆在庙堂之上。《孔子家语》明明的写着，孔子“入太祖后稷之庙，庙堂右阶之前有金人焉，三缄其口，而铭其背曰：‘古之慎言人也’。”这庙堂右阶的金人，不是为市井细民作榜样的。

謇谔之臣，骨鲠在喉，一吐为快，其实他是根本负有诤谏之责，并不是图一时之快。鸡鸣犬吠，各有所司，若有言官而钳口结舌，宁不有愧于鸡犬？至于一般的仁人君子，没有不愤世忧时的，其中大部分悯默无言，但间或也有“宁鸣而死，不默而生”的人，这样的人可使当世的人为之感喟，为之击节，他不能全名养寿，他只能在将来历史上享受他应得的清誉罢了。在有“不发言的自由”的时候而甘愿放弃这一项自由，这也是个人的自由。在如今这个时代，沉默是最后的一项自由。

有道之士，对于尘劳烦恼早已不放在心上，自然更能欣赏沉默的境界。这种沉默，不是话到嘴边再咽下去，是根本没话可说，所谓“知者不言，言者不知”。世尊在灵山会上，拈花示众，众皆寂然，惟迦叶破颜微笑，这会心微笑胜似千言万语。莲池大师说得好：“世间酽醠醇醴，藏而弥久而弥美者，皆繇封锢牢密不泄气故。古人云，‘二十年不开口说话，向后佛也奈何你不得。’旨哉言乎！”二十年不开口说话，也许要把口闷臭，但是语言道断之后，性水澄清，心珠自现，没有饶舌的必要。基督教Carthusian教派也是以沉默静居为修行法门，经常彼此不许说话。“此中有真意，欲辩已忘言。”

庄子说：“吾安得夫忘言之人，而与之言哉？”现在想找真正懂得沉默的朋友，也不容易了。

骂人的艺术

古今中外没有一个不骂人的人。骂人就是有道德观念的意思，因为在骂人的时候，至少在骂人者自己总觉得那人有该骂的地方。何者该骂，何者不该骂，这个抉择的标准，是极道德的。所以根本不骂人，大可不必。骂人是一种发泄感情的方法，尤其是那一种怨怒的感情。想骂人的时候而不骂，时常在身体上弄出毛病，所以想骂人时，骂骂何妨。

但是，骂人是一种高深的学问，不是人人都可以随便试的。有因为骂人挨嘴巴的，有因为骂人吃官司的，有因为骂人反被人骂的，这都是不会骂人的缘故。今以研究所得，公诸同好，或可为骂人时之一助乎？

一、知己知彼

骂人是和动手打架一样的，你如其敢打人一拳，你先要自己忖度下，你吃得起别人的一拳否。这叫作知己知彼。骂人也是一样。譬如你骂他是“屈死”，你先要反省，自己和“屈死”有无分别。你骂别人荒唐，你自己想想曾否吃喝嫖赌。否则别人回敬你一二句，你就受不了。所以别人有着某种短处，而足下也正有同病，那么你在骂他的时候只得割爱。

二、无骂不如己者

要骂人须要挑比你大一点的人物，比你漂亮一点的或者比你坏得万倍而比你得势的人物。总之，你要骂人，那人无论在好的一方面或坏的一方面都要能胜过你，你才不吃亏的。你骂大人物，就怕他不理你，他一回骂，你就算骂着了。在坏的一方面胜过你的，你骂他就如教训一般，他即便回骂，一般人仍不会理会他的。假如你骂一个无关痛痒的人，你越骂他他越得意，时常可以把一个无名小卒骂出名了，你看冤与不冤？

三、适可而止

骂大人物骂到他回骂的时候，便不可再骂；再骂则一般人对你必无同情，以为你是无理取闹。骂小人物骂到他不能回骂的时候，便不可再骂；再骂下去则一般人对你也必无同情，以为你是欺负弱者。

四、旁敲侧击

他偷东西，你骂他是贼；他抢东西，你骂他是盗，这是笨伯。骂人必须先明虚实掩映之法，须要烘托旁衬，旁敲侧击，于要紧处只一语便得，所谓杀人于咽喉着刀。越要骂他你越要原谅他，即便说些恭维话亦不为过，这样的骂法才能显得你所骂的句句是真实确凿，让旁人看起来也可见得你的度量。

五、态度镇定

骂人最忌浮躁。一语不合，面红筋跳，暴躁如雷，此灌夫骂座，泼妇骂街之术，不足以骂人。善骂者必须态度镇静，行若无事。普通一般骂人，谁的声音高便算谁占理，谁来得势猛便算谁骂赢，惟真善骂人者，乃能避其锋而击其懈。你等他骂得疲倦的时候，你只消轻轻的回敬他一句，让他再狂吼一阵。在他暴躁不堪的时候，你不妨对他冷笑几声，包管你不费力气，把他气得死去活来，骂得他针针见血。

六、出言典雅

骂人要骂得微妙含蓄，你骂他一句要使他不甚觉得是骂，等到想过一遍才慢慢觉悟这句话不是好话，让他笑着的面孔由白而红，由红而紫，由紫而灰，这才是骂人的上乘。欲达到此种目的，深刻之用词故不可少，而典雅之言词尤为重要。言词典雅则可使听者不致刺耳。如要骂人骂得典雅，则首先要在骂时万万别提起女人身上的某一部分，万万不要涉及生理学范围。骂人一骂到生理学范围以内，底下再有什么话都不好说了。譬如你骂某甲，千万别提起他的令堂令妹。因为那样一来，便无是非可言，并且你自己也不免有令堂令妹，他若回敬起来，岂非势均力敌、半斤八两？再者骂人的时候，最好不要加入以种种难堪的名词，称呼起来总要客气，即使他是极卑鄙的小人，你也不妨称他先生，越客气，越骂得有力量。骂的时节最好引用他自己的词句，这不但可以使他难堪，还可以减轻他对你骂的力量。俗话少用，因为俗话一览无遗，不若典雅古文曲折含蓄。

七、以退为进

两人对骂，而自己亦有理屈之处，则处于开骂伊始，特宜注意，最好是毅然将自己理屈之处完全承认下来，即使道歉认错均不妨事。先把自己理屈之处轻轻遮掩过去，然后你再重整旗鼓，着着逼人，方可无后顾之忧。即使自己没有理屈的地方，也绝不可自行夸张，务必要谦逊不遑，把自己的位置降到一个不可再降的位置，然后骂起人来，自有一种公正光明的态度。否则你骂他一两句，他便以你个人的事反唇相讥，一场对骂，会变成两人私下口角，是非曲直，无从判断。所以骂人者自己要低声下气，此所谓以退为进。

八、预设埋伏

你把这句话骂过去，你便要想想看，他将用什么话骂回来。有眼光的骂人者，便处处留神，或是先将他要骂你的话替他说出来，或是预先安设埋伏，令他骂回来的话失去效力。他骂你的话，你替他说出来，这便等于缴了他的械一般。预设埋伏，便是在他要攻击你的地方，你先轻轻的安下话根，然后他骂过来就等于枪弹打在沙包上，不能中伤。

九、小题大做

如对方有该骂之处，而题目身小，不值一骂，或你所知不多，不足一骂，那时节你便可用小题大做的方法，来扩大题目。先用诚恳而怀疑的态度引申对方的意思，由不紧要之点引到大题目上去，处处用严谨的逻辑逼他说出不逻辑的话来，或是逼他说出合乎逻辑但不合乎理的话来，然后你再大举骂他，骂到体无完肤为止，而原来惹动你的小题目，轻轻一提便了。

十、远交近攻

一个时候，只能骂一个人，或一种人，或一派人。绝不宜多树敌。所以骂人的时候，万勿连累旁人，即时必须牵涉多人，你也要表示好意，否则回骂之声纷至沓来，使你无从应付。

骂人的艺术，一时所能想起来的有上面十条，信手拈来，并无条理。我做此文的用意，是助人骂人。同时也是想把骂人的技术揭破一点，供爱骂人者参考。挨骂的人看看，骂人的心理原来是这样的，也算是揭破一张黑幕给你瞧瞧！

教育你的父母

“养不教，父之过。”现在时代不同了。父母年纪大了，子女也负有教育父母的义务。话说起来好像有一点刺耳，而事实往往确是这样。

“吃到老，学到老。”前半句人人皆优为之，后半句却不易做到。人到七老八十，面如冻梨，痴呆黄耇，步履维艰，还教他学什么？只合含饴弄孙（如果他被准许做这样的事），或只坐在公园木椅上晒太阳。这时候做子女的就要因材施教，教他的父母不可自暴自弃，应该“当一天和尚撞一天钟”，“人生七十才开始”。西谚有云：“没有狗老得不能学新把戏。”岂可人不如狗？并且可以很容易地举出许多榜样，例如：

一、摩西老祖母一百岁时还在画。

二、罗素九十四岁时还在奔走世界和平。

三、萧伯纳九十二岁还在编戏。

四、史怀泽八十九岁还在非洲行医。

五、歌德写完他的《浮士德》时是八十三岁。

旁敲侧击，教他见贤思齐，争上游，不可以自甘老朽，饱食终日。游手好闲，耗吃等死，就是没出息。年轻人没出息，犹有指望，指望他有朝一日悛悔自新。上了年纪的人没出息，还有什么指望？二辈子！

孩子已经长大成人，甚至已经生男育女，在父母眼中他还是孩子。所以老莱子彩衣娱亲，仆地作儿啼，算是孝行。那时候他已经行年七十，他的父母该是九十以上的人了。这种孝行如今不可能发生。如今的孩子，翅膀一硬，就要远走高飞，此后男婚女嫁，小两口子自成一个独立的单位，五世同堂乃成为一种幻想，或竟是梦魇。现代子女应该早早提醒父母，老境如何打发，宜早为之计，告诉他们如何储蓄以为养老之资，如何锻炼身体以免百病丛生。最重要的是要他们心理有所准备，需要自求多福，颐养天年，与儿女无涉。俗语说：“一个人可以养活十个儿子，十个儿子养不活一个爸爸。”那就是因为儿子本身也要养活儿子，自顾不暇，既要承上，又要启下，忙不过来。十个儿子互相推诿，爸爸就没人管了。

代沟之说，有相当的道理。不过这条沟如何沟通，只好潜移默化，子女对父母未便耳提面命。上一代的人有许多怪习惯，例如：父母对于用钱的方式，就常不为子女所了解。年轻人心里常嘀咕，你要那么多钱干什么？一个钱也带不了棺材里去！一个钱看得像斗大，一串串的穿在肋骨上，就是舍不得摘下来。眼瞧着钱财越积越多，而生活水准不见提高。嘀咕没有用，要事实上逐步提示新的生活模式。看他的一把坐椅缺了一只脚，垫着一块砖，勉强凑和，你便不妨给他买一张转椅躺椅之类，看他肯不肯坐。看他的衣服捉襟见肘，污渍斑斑，你便不妨给他买一件松松大大的夹克，看他肯不肯穿。这当然不免要破费几文，然而这是个案研究的教学法，教具是免不了的。终极目的是要父母懂得如何过现代的生活，要让他知道消费未必就是浪费。

勤俭起家的人无不爱惜物资。一颗饭粒都不可剩在碗里，更不可以落在地上。一张纸，一根绳，都不能委弃，以至家家都有一屋子的破铜烂铁。陶侃竹头木屑的故事一直传为美谈，须知陶侃至少有储存那些竹头木屑的地方。如今三房两厅的逼仄的局面，如何容得下那一大堆的东西？所以作子女的在家里要不时的负起清除家里陈年垃圾的责任。要教导父母，莫要心疼，旧的不去，新的不来。

我们一般中国人没有立遗嘱的习惯，尽管死后子女打得头破血出，或是把一张楠木桌锯成两半以便平分，或是缠讼经年丢人现眼，就是不肯早一点安排清楚。其原因在于讳言死。人活着的时候称死为“不讳”或“不可讳”，那意思就是说能讳时则讳，直到翘了辫子才不再讳。逼父母立遗嘱，这当然使不得。劝父母立遗嘱，也很难启齿。究竟如何使父母早立遗嘱，就要相机行事，乘父母心情开朗的时候，婉转进言，善为说词，以不伤感情为主。等到父母病革，快到易箦的时候才请他口授遗言，似乎是太晚了一些。

教育的方法多端，言教不如身教。父母设非低能，大抵也会知道模仿。在公共场所，如果年轻人都知道不可喧哗，他们的父母大概也会不大声说话。如果年轻人都知道鱼贯排队，他们的父母也会不再攘臂抢先。如果年轻人不牵着狗在人行道上遗矢，他们的父母也许不好意思到处吐痰。种种无言之教，影响很大，父母教育儿女，儿女也教育父母，有些事情是需要解释的，例如：中年发福不是好现象，要防止血压高，要注意胆固醇等等。

有些父母在行为上犯有错误，甚至恶性重大不堪造就，为人子者也负有教育的责任。子曰："事父母，几谏；见志不从，又敬而不违，劳而不怨。"这就是说，父母有错，要委婉劝告，不可不管；他不听，也不可放弃不管，更不可怨恨。当然，更不可以体罚。看父母那副孱弱的样子，不足以当尊拳。